ショコラは夜に甘くとける

みとう鈴梨

幻冬舎ルチル文庫

CONTENTS ✦目次✦

ショコラは夜に甘くとける

✦カバーデザイン＝齊藤陽子（CoCo.Design）
✦ブックデザイン＝まるか工房

イラスト・緒田涼歌✦

ショコラは夜に甘くとける

衆目の中、九条《くじょう》は立ち上がりざまに腕を振った。

手にはウィスキーの入ったグラス。なみなみと入っていたその液体が、頭上のシャンデリアの明かりにきらめきながら、弧を描いて目の前の男に向かっていく。

スタッフ、ホスト、客……三十人近い人間が一斉に息を飲んだ。

琥珀色《こはくいろ》のきらめきは、一滴残らず見事に目当ての男に命中する。

「な、なんてことするんだ！」

酒をかけられた男が声を荒げた。

「失敬、あなたのお行儀があまりに悪いものですから、つい」

答える九条の声は、初対面の相手に酒を浴びせかけたとは思えないほど落ち着いたものだった。


ことの起こりは、ほんの数分前。

夜ごと変わらぬ享楽の香りに包まれたホストクラブ「ミシェル」に、突然一人の男が現れたのだ。

灰色の絨毯《じゅうたん》、艶《つや》のある黒い壁紙に黒いソファー。それらを照らす妖艶《ようえん》な間接照明とシャンデリアの輝きに彩られた店内には、ブランド物で着飾ったホストらが言葉をあやつり、女性客らが楽しげに過ごしている。そんな光景の中に、その男は実に異質だった。

一目見て吊るしだとわかる皺《しわ》だらけのスーツに、傷だらけの合皮の靴。両手いっぱいに抱えた紙袋のせいで、いかり肩になったポーズは品がない。場違い。という言葉がぴったりの男は、しかしその面貌は店に姿を現したときからすぐに人目を引いていた。

フロアに出ていたマネージャーの制止の声も聞かずに、まっすぐこちらに向かってきた姿を見て、ミシェルのホストトップ争いに常に名を連ねる九条でさえ目を瞠《みは》ったほどだ。

なんの抗議があってこの店に来たのか、ぐっと眉間《みけん》に皺を寄せた太い眉の下に、意志の強そうな瞳が輝いている。腫れぼったい唇と、高い鼻梁《びりょう》。どのパーツも大きめの面立ちは深い陰影に彩られ、実に華やかな印象だ。

まるで西洋人形みたいだな。

と、九条の脳裏には昔実家にあった白磁の人形が蘇《よみがえ》った。

同時に、そのふわふわとした色素の薄い髪や、長身の九条でさえ圧倒される長軀《ちょうく》に似合わぬ子供っぽい目元に見覚えがある。

今まさに、傍らに腰掛けている、新米ホストの夕輝《ゆうき》だ。その夕輝が、乱入男と似通った横顔を青くして怒鳴った。

「な、なな、何しにきたんだよ兄ちゃん！」

「兄ちゃん」と呼ばれた西洋人形はさらに険しい表情を作ると、夕輝を見下ろしたままミシェルの店内隅々にまで響き渡るような声を発した。

「夕輝！　お前、信じたくなかったけど本当にホストなんかやってたんだな。こんなみっともない仕事して、恥ずかしくないのか！」

その言葉に、それまで騒ぎを気に留めていなかった客らまで黙り込み、店じゅうの視線が九条たちの元へ向けられた。

なんだあいつ。と、ホストの不機嫌そうな声が聞こえてくる中、西洋人形の罵詈雑言《ばりぞうごん》はなおも続く。

「親父から何度も言われただろう、清く正しく、誰にも恥じない生き方をしろって！」

「別に俺何も恥ずかしくないし、頑張ってるんだからほっとけよ！」

「頑張るって何をだ。女性を騙すことか。女性からお金を巻き上げることをか！　よりによって水商売の上に、女性の弱みにつけこむような仕事をよく選べたもんだな」

ちらちらと、数人のホストが九条に「お前のテーブルの揉めごとだろう、なんとかしろよ」と言いたげな視線を寄越《よこ》してくるが、それよりも問題なのはそれ以外の若いホスト達だった。

血の気の多いものもいるし、挑発にのりやすく、すぐに拳が出るものもいる。

こんな偏屈な道徳観を振りかざす闖入者《ちんにゅうしゃ》相手に、騒ぎでも起こされては明日からミシェルは閑古鳥《かんこどり》が鳴くだろうと思うとぞっとしない。

黙らせるために、少しくらい強引に出たほうがいいだろう。

そう判断するや否《いな》や、九条は立ち上がりざま、手にしていたグラスの中身を闖入者にぶちまけたのだった。

居心地が悪いほどの静寂の中、九条は空《から》になったグラスをテーブルに置くと、夕輝を引き寄せた。これ以上喧嘩をヒートアップさせまい、とばかりにその姿を自身の背後に押しやると、九条は改めて酒まみれになった男に向きなおる。

「どうですか、当店の酒の味は。その様子では、ホスト遊びに来られたようには見えませんが……いったいなんの御用でしょう？」

「俺は夕輝の実兄で、紫麻朝輝《しまあさき》といいます」

すなおに名乗りはしたが、その面貌は怒気に覆われ、今にも九条に嚙みつかんばかりだ。

「紫麻朝輝？　どこかで聞いた気がしますが、うちの店の面接にお越しになったことでもあるんじゃないですか？」

丁寧な言葉選びに、嘲笑《ちょうしょう》の混じる口調。いつもの慇懃無礼《いんぎんぶれい》な態度でそう言うと、男の怒り顔に嫌悪が加わった。

「失礼な！　ホストみたいな不健全な仕事、俺が面接受けるわけないでしょう。それよりも夕輝は大事な弟ですから、今夜連れて帰らせてもらいます！」

「に、兄ちゃんこそ帰れよ！　職場に乗り込んでくるなんて非常識だぞ！」

九条が反論するより早く、その背後から夕輝が首だけ突き出して朝輝に怒鳴った。

しかし、先ほどから夕輝のきゃんきゃんと吠えるばかりの反論は、朝輝の暴挙を止める役に立っていない。むしろ火種に油を注いでいるようでもあり、九条は余計なことは言うなとばかりに、後輩を肘で小突いて下がらせる。

「やれやれ、朝輝さんはたいそう水商売がお嫌いなんですね」

「当たり前です。男たるもの、女性に媚《こび》を売って法外な酒代をとるような仕事をしていて、恥ずかしくないんですか」

「ええ、ちっとも恥ずかしくありませんね。お客様は、貴重な時間を私と過ごしたいと言ってご来店くださるのですから、こんなに幸せな仕事はありません」

周囲の客の目を十分に意識した言葉選びに、朝輝は一瞬口ごもった。

まさか、まともな返事が返ってくるとは思わなかったと言いたげな顔をしている。

しかし、すぐにその表情に嫌悪の色を戻すと、朝輝は子供を諭《さと》すような口調で言った。

「貴重な時間を、嘘の愛情や出まかせの言葉で無駄にしている自覚はないんですね。恥はないんですか、恥は」

手厳しい一言に、店内の空気がよどんでいくのを肌で感じたが、九条の頰《ほお》には相変わらず笑みが浮かんでいた。

ホストの仕事に批判的な人間は珍しくないが、朝輝の言葉は九条の心にさざなみ一つ立てることはできていない。ちらほらと拳《こぶし》を握りしめるホストの姿も視界に入ってはくるが、そんな彼らを目で制し、九条はそっと手を朝輝の目元へ伸ばした。

ぎょっとしたように朝輝が少したじろぐが、気にせずその皺深い眉間を指先で撫《な》でてやると、朝輝が目を瞠る。

「そんな怖い顔をなさって。もったいないですよ、せっかくの美形が台なしです」

「こ、怖い顔のつもりは……」

「それに、あまりうちのホストをいじめないでやってください」

「い、いじめてなんかいませんよっ。俺はただ、夕輝が水商売なんかしてるから迎えに来ただけでっ」

叩き落とすように手を振り払われ、九条は苦笑を浮かべた。やはりな、と内心思う。この手のやからは、人を責めるのは得意だが自分が非難されることに弱いのだ。

いかにも苦労知らずの甘ちゃんといったところだな。

九条の胸にそんな嘲笑が浮かぶ。

ホストクラブの醍醐味《だいごみ》は疑似恋愛。嘘の愛情や出まかせの言葉、と朝輝は侮蔑《ぶべつ》の眼差《まなざ》しとともに言うが、その「嘘」を理解できる大人の遊びだ。と九条は思っている。

ましてや、ホストである九条らの力量があればあるほど、客も本気になってくれるのだから、朝輝の非難は九条にとってはいっそ褒め言葉に近い。

虚構の世界だからこそ現実を忘れてひと時の享楽に浸ることができる。そんな楽しみに目くじらを立てて罵《ののし》らねばならない朝輝という人間が哀《あわ》れにさえ見えた。

しかし、その虚構の世界に、くだらない道徳観念や正義感を押しつけてこられてはたまらない。

この能天気な闖入者には、丁重にお帰りいただかねば。

ホストの仕事もホスト遊びも貶《けな》され、せっかくの時間を邪魔された人々の溜飲《りゅういん》がたっぷり下がるような形で……。

企《たくら》む心に反して笑みを深めた九条は、テーブルからビールの小瓶《こびん》を二本手に取ると、朝輝に向かって首をかしげてみせた。

「朝輝さんて、もしかしてご自宅でも夕輝さんにそんなに過保護なんですか？」

一瞬、ビール瓶に警戒感を示した朝輝だったが、夕輝の話をすればすぐにこちらを見た。

毛嫌いしている水商売の世界にわざわざ足を踏み入れるくらいだ。よほど弟が大事なのだろう。

「こういうのは過保護とはいいません。家族が間違った方向へ進んでいたら、助けるのは当然のことです」

「その当然のことがなかなか世の中でできないものじゃありませんか。弟のために駆けつけるなんて、素敵なお兄様なんですね」

「えっ？　いや、素敵だなんてとんでもない……」

小瓶二本を片手で持ち、器用に栓《せん》を抜きながら九条は続けた。

「けれども、兄がしっかりしてると弟さんは甘えてしまうものなんでしょうか。夕輝はけっこうおっちょこちょいで、店でも失敗が多いんですよ」

「え！　そうなんですか、ああもう、すみませんっ。外で迷惑かけるなって言ってきかせてるんですけど」

「ふふふ、お兄様業も小言ばかり増えては大変ですね」

「ええ、万年反抗期なものですから、苦労が絶えません」

何の抗議があるのか、後ろから夕輝が小突いてきたが九条は気にしない。

それよりも、あんなに怒気をあらわにしてた朝輝が、穏やかに話を振ればすぐに食いついてくるのが面白かった。

やはり、威勢がいいのは口だけで、中身のほうは扱いやすい小物のようだ。

「けれど、末っ子気質っていうんでしょうかね。そのおっちょこちょいさがまた人気なんですよ。ハムスターみたいって評判で……」

「確かに似てますね、ハムスター！　回し車とか似合いそうですよね」

「ち、ちょっと二人とも……さっきまで険悪だったのに、なんで俺の悪口になったら意気投合するんだよ」

夕輝の抗議は右から左に流し、九条は朝輝にビールの小瓶を一つ差し出した。流されるままに瓶を受けとった朝輝の眉間の皺は、弟の失敗談にすっかり行方不明だ。

なんだかんだと言いながら、バカなところも含めて弟が可愛くてたまりません。

といったところだろうか。兄バカぶりを内心嘲笑しながら、九条は自分のビールを一口飲んだ。

「どうぞどうぞ、朝輝さんも飲んでいってください。せっかくですし、夕輝の話、たくさん聞かせてくださいよ」

「あはは、夕輝の話なんて全部聞かせたら、どんな職場でも追い出されちゃいますよ」

「ど、どういう意味、兄ちゃん……？」

朝輝の言葉がわからないでもないな。と、性懲《しょうこ》りもなく顔を突き出す夕輝を背後におしこめながら、九条は朝輝と話を弾《はず》ませる。

しかし、柔和な笑みの下で、九条は朝輝の言葉の中に潜む矛盾に気づいていた。

九条の容姿は、朝輝とは対照的で、日本人形を連想させる。

素《そ》っ気《け》ない黒髪を額の真ん中で分け、後ろに流しただけの髪型は居並ぶホストの中では大人しいほうだし、切れ長の瞳《ひとみ》は暗がりの下で冷たく輝き、白い肌となめらかな凹凸でできた面貌は、微笑《ほほえ》んでいてもどこか情の薄そうな雰囲気だ。

美貌といえば美貌だが、黒いスーツに綾織《あやおり》のシャツ、サラリーマンとはとても名乗れないアクセサリーで着飾る姿は、夜の街であまり目をあわせたくない空気を醸《かも》し出している。

ともすれば女性に敬遠されそうな容姿の九条だが、その実ミシェルで毎月のようにナンバーワン争いに名を連ねるベテランだ。

話術と観察眼、こまやかなケアでこの世界を乗り切ってきた九条は、まだ眼前にして十分もたっていない朝輝の欠点をすでに見つけていた。

その欠点を狙いすますようにして、九条は罠《わな》を仕掛けていく。

「朝輝さんのその厳しさはご両親の教育のたまものでしょうか？　朝輝さんと一緒にいれば、夕輝ももうちょっとしっかりしそうなものですが」

「そうなんですよ、夕輝も両親に厳しくしつけられたはずなんですけど……。夕輝だけじゃなくて、大人になっちゃうと親の教えって忘れちゃうものなんですかね」

「親の教え、ですか……。悪い人についていってはいけません、とか、人に迷惑をかけてはいけません、とか？」

「そう、それです！　あと、人に媚びるな、人に言えない仕事はするな、真面目にこつこつ生きろ。子供だましと思うかもしれませんが、大人になった今こそ大事なことでしょう」

九条は、再びビールを飲んだ。

喉仏《のどぼとけ》が上下に動く様を、朝輝がじっと見つめていることに気づき内心ほくそ笑む。

「なるほど、そんな朝輝さんには、さぞや夕輝のことが心配でならないんでしょうね。ああ、どうぞ飲んでください、夕輝のお説教で喉が渇いたでしょう」

「あ、すみません、いただきます。本当に、夕輝は子供の頃もたんまり怒られたのに、まだ性懲りもなく……」

ぶつぶつと、夕輝への愚痴が続く朝輝の唇がビール瓶の口に近づく。

あとほんの少し。唇がボトルに触れるか否かを見守る中、朝輝がはっとしたように瓶から顔を離した。

「って、騙《だま》されたー！　な、なんで俺がホストクラブなんかで、弟の悪口言いながらビール飲まなきゃならないんですか！」

「おや残念」

すっかり、柔和な笑みを顔から剝《は》がし、九条は気障《きざ》ったらしい見下し顔を浮かべて肩をすくめた。

「一口でも飲んでくださったら、こちらのテーブルのお代、朝輝さんに全部請求しようと思っていたのに残念です」

「さ、ささ、詐欺だ、ぼったくりだ、押し売りだ！　まったく、ホストってのは本当にろくなもんじゃありませんね！」

「お褒めにあずかり光栄です」

「褒めてませんよ！　だいたいなんですか、人の弟を回し車が似合いそうだとか万年反抗期だとか。見ろ夕輝、ホストなんかとつきあってたらろくなことにならないんだぞ！」

「それ言ったの兄ちゃんだよ……」

顔を真っ赤にした朝輝の抗議を、ビールを飲みながら聞き流す。

その態度にいっそう苛立《いらだ》ったようで、朝輝が音を立ててビール瓶をテーブルに置いて詰め寄ってきた。

「とにかく、あなたみたいな人のところに夕輝は置いておけません。連れて帰ります！」

「いいじゃないですか朝輝さん。もっとお話ししましょうよ。私も、あなたのご両親の教育をもっと拝聴したいんです」

「は、はい？」

また、何を言いだす気だと朝輝が毛を逆立てたようになる。

その瞳の奥に光る正義感に矢を放つように、九条は嫌味たらしく口の端を釣り上げた。

「厳しいご両親だったのなら、当然教えてもらったと思いますけれど。あれ、なんでしたっけ……？」

「な、なんですかさっきから」

「職業に貴賤《きせん》はない。だからどんな仕事もバカにしちゃいけませんよって教わりませんでしたか？」

再び、店に沈黙が下りた。

見つめる先で、朝輝は目を真ん丸に見開くと、あっと言う間に頬を朱に染める。

厳格なふりをして、特定の職業を見下すところに朝輝の弱点があった。

その矛盾は皮肉なことに、正義を振りかざす朝輝にとってもっとも痛い刃《やいば》となって返ってきたようだ。

口うるさい男に十二分に恥をかかせたことを実感して、九条は残るビールを飲み干した。

「朝輝さん、自分が偏見を持ってたなんて気づいてお辛《つら》いでしょう。よければ、ホスト嫌いを克服するためにうちでホストになられては？　私のヘルプくらい、やらせてあげてもよろしいんですよ」

「うっは、九条さん言うー！」

どこからともなく失笑が起こり、それに煽《あお》られるように朝輝はうつむいてしまった。

そして、乱暴な仕草で足元に放置してあった紙袋をすべて引っさげ、くるりと踵《きびす》を返す。

逃げるんですか。と言うべきか悩んだが、もうこれ以上の追い討ちも必要ないだろうと判断して、九条は優雅に手を振った。

「またのお越しを、お待ちしております」

その言葉に尻を蹴《け》られるようにして、朝輝は脱兎《だっと》のごとくミシェルの出口へと駆けだしていった。

両手の紙袋を揺らしながら、慌てて店から出ていくその野暮ったい姿に、今まで笑っていなかった者まで笑いだし、その声が朝輝の背中を追うのが目に見えるようだ。

「二度と来んなよー！」

「来るなら夕輝のこと指名してやれよ！」

「ははは、恥ずかしい奴ー。災難だな夕輝、変な兄ちゃんがいて！」

ホストらが好き勝手なことを言う中、弟の夕輝だけ暗い顔をしている。

それを横目で見ながら、九条は近くのアイスバケツに入れてあったスパークリングワインを取り出した。

盛り上がりを見せる店内で、朝輝を追い出した功労者のささやかな行動を気にとめるものはもはや誰もいない。

ただ、下世話なだけの単語が飛び交う店の空気に嘆息を吐《つ》くと、九条は高々とスパークリングワインを持ち上げ、その栓を抜きはなった。

破裂音のような音が喧噪《けんそう》を鋭く裂く。

その音に、再び店内にはぎこちない静寂が訪れた。

驚きの視線が一人残らず自分に集まっているのを確認して、九条はボトルを掲げたまま声を張り上げる。

「ミシェルへお越しのみなさま、今宵《こよい》は思いがけない来客のためご不快な思いをさせてしまい大変申し訳ありませんでした」

その言葉に、数人のホストがはっとしたようにばつの悪そうな表情を浮かべた。

他人事《ひとごと》だと思ってバカ笑いをしている場合ではないと、ようやく気づいたらしい。

「お詫《わ》びに、わたくしどもからアスティを開けさせていただきますので、どうぞ引き続き、ミシェルでの時間をお楽しみください」

口上を終えると、九条はかしずくようにして、ずっとソファー席で九条と朝輝のやりとりを見守っていた常連客のグラスにシャンパンを注ぐ。

その光景に、慌てた様子でほかのホストらもそれぞれの客のフォローに入った。

ようやく、ミシェルにふさわしい楽しげな喧噪が戻ってきたことに満足しながら、九条は居心地悪そうに佇《たたず》んだままの夕輝に小声の叱責《しっせき》を送る。

「夕輝、何ぼさっとしてる。今すぐアスティを持ってすべてのテーブルに頭を下げにいくんだ」

「は、はい！　すみませんでした九条さん、すぐに行ってきますっ」

弾《はじ》かれたように顔を上げると、夕輝は店の中へ駆けだした。

兄弟そろって慌ただしいことだ、と嘆息しながら、九条は客の隣に腰を下ろす。

「すみません、リサさんに一番に声をかけていかなければならないんですが……」

「気にしてないわよ。夕輝のおっちょこちょいさって得よね、なんか可愛くて。お店に回し車、置いちゃえば？」

「…………」

「九条？」

「いえ、店内で夕輝が回し車なんて回しはじめたら、あっと言う間にナンバーワンの座を明け渡すはめになりそうです」

「何真剣な顔で悩んでんのよ～」

憂い顔を見せると、きゃっきゃと客がはしゃぐ。

二人して、闖入者撃退を祝う乾杯の音をたてると、シャンパングラスを傾けた。

朝輝にたっぷり嫌味を投げかけてやった舌に甘露が染み渡る。

「それにしても、九条ってけっこう意地悪なのね。私には優しいのに」

意地の悪い笑みでリサに顔を覗き込まれ、九条は口の端をつり上げた。

「意地悪でしたか？　けれども、さすがの私もホストの仕事を面と向かってバカにされて、黙ってはいられませんよ。仲間のためにもね」

「ふうん。九条って、ちょっと冷めたところが格好いいと思ってたけど、一応仕事をバカにされたら熱くなるんだ」

リサが、本音を探るように目を細めた。

ミシェルには愛嬌が売りのホストから、甘い睦言《むつごと》を本気のようにささやくホストまで、いろんなタイプの人材がそろっているが、中でも九条はリサの言うとおりクールな態度とスマートなエスコートが売りだ。常連客としていつも大枚を落としていってくれるリサには、そんな九条の珍しく見せた情熱は眉唾ものらしい。

「熱くもなりますよ。あの男はホスト遊びも否定したんですから。つまり、私とリサさんの関係も否定したということです。嫌味どころか、一発くらい殴ってやったほうがよかったかもしれませんね。あなたのために」

「えっ、九条でも殴りあいとかするの？　見てみたいな～、私を挟んで、イケメン二人の殴りあい」

「イケメン？」

むっと眉をひそめて九条はリサを見つめた。

朝輝を指して「イケメン」というのならば、九条としてもおおいに同感だ。しかし唇は、平気で心にもないことをつむぎだす。

「リサさんは、私よりあんな男がいいんですか？」

「ふふふ、本当に彼がホストになったら、私目移りしちゃうかもよ？」

「……」

「あ、やだ。うそうそ、冗談だからこっち向いてよ～」

九条は拗《す》ねるふりをしつつも、朝輝のあの容姿では女心も揺れるだろうと納得せざるをえない。

しかし、本当に朝輝がホストになったところで、あの性格では誰一人笑顔にできずに赤字を積み上げるしかないだろう。

　変な男だったな、と九条は真っ赤になって逃げていった朝輝の後ろ姿を思い返した。

　きっとキャバクラでも、女の子に「自分を大事にしろ」なんて説教を始めるタイプに違いない。

　つい、仕事中なのも忘れて鼻で笑いそうになったところへ、リサも似たようなことを考えていたらしい、いたずらっぽい笑みを取り戻して唇を開いた。

「ねえ九条、私の目移りは冗談として、夕輝のほうはどうかしら？」

「どう、とはどういう意味でですか？」

「毛嫌いしている水商売の世界まで、単身乗り込んできて熱く叱ってくれる兄の姿に、感動しちゃってるかもよ。どんなときでも自分を真剣に心配してくれるのはお兄ちゃんだけだ〜なんて思ってたりして」

「……理解に苦しみますね。私なら、あんな兄がいれば迷惑なお節介だと思いこそすれ、感動なんてしませんけれど」

「でも、そのお節介が嬉しい人だっているでしょ。どんなに邪険にしても、めげずに迎えにこられたりしたら、そんなに自分を心配してくれてるのかって絶対気持ちが揺れるわよ〜。どうする、夕輝がホスト辞めちゃったら」

「いいですねえ。そうなったら、未だに指名一つとれずに私のヘルプについてまわるお荷物がいなくなってせいせいしますよ」

「ひっどーい。夕輝がいなくなったら寂しくないの？」

「いいえ、ちっとも。私にはリサさんがいますから」

如才なく答えながら、九条は珍しく心がざわめくのを感じていた。

ポーカーフェイスに近い冷たい笑顔の下で、久しぶりに苛立ちが湧く。

一生懸命迎えにきて、めげずに説教してくれたら感動する？

仕事中でなければ鼻で笑い飛ばしたい話だ。

あの朝輝という男は、確かに夕輝のことを深く心配しているのだろうが、夕輝の就職先がもっとガラの悪いホストクラブならきっと迎えになんて来ていなかっただろう。

口では心配だ、なんとかしてやりたい。そんなことを言いながら、ホストかチンピラか判別できないような店員に、なんの用だとすごまれるだけで踵を返すに違いない。

「九条、どうかした？」

リサに顔を覗《のぞ》きこまれ、九条はすぐに柔らかな表情を取り繕《つくろ》った。

別に初対面の朝輝に特別悪い印象を持ったわけではない。ただ、彼のように口先ばかり立派な男のお節介が、まるで美徳のように語られたことが気にくわないだけだ。

「あらやだ、見てよ九条、エイリの席盛り上がってるわ」

「本当だ。エイリはよくやりますよ……今月のナンバーワンは彼でしょうかね」

「なに他人事みたいに言ってるのよ。今日のとんちんかん追い返したの九条なんだから、九条がいい目みないとおかしいでしょ。こっち、ドンペリゴールドお願い！」

盛り上がるリサとの話題に集中しようと、九条は朝輝のことを頭から追い払った。

せっかく、ホストクラブという虚構の世界にいるのだ。

発する言葉が嘘か本音か疑う必要はなく、ただそのときその客との時間を大切にし、華やかで美しい夢を見せてやればいい。

九条は、朝輝によって奪われた賑《にぎ》やかな時間を取り戻すように、つとめて優雅な所作で立ち上がると店じゅうに聞こえるように声を張った。

「こちら、ドンペリゴールドを頂戴《ちょうだい》しました」

九条の声が、いっそうミシェルの空気を華やかにし、それに対抗するように他のホストらもそれぞれの方法で客の笑顔を増やしていく。

じきに、笑い話の中にもあんな男の話題は出なくなるだろう。

そう高をくくり、九条がこの日何杯目かのグラスを手にした、そのときだった。

ふいに、入り口付近から険しい声が上がる。

「お前、何しにきやがったんだよ！」

何事か、と立って確認する必要さえなかった。

顔を上げたと同時に、相変わらず真っ赤な顔をしたままの朝輝がのしのしとこちらにやってくるのが見えたのだ。

九条の目前までやってきた朝輝は、走ってきたのかその額には汗の粒が浮かび、九条のかけた酒の香りが体温に蒸されいっそう強くあたりに漂っている。

ソファーに座ったままだと、この長軀が迫ってくる様子はいかにも迫力があって気圧《けお》されかけたが、九条は商売顔を取り繕って顎《あご》を上げた。

「どうかされましたか朝輝さん。職業の貴賤問題について、一家言《いっかごん》でも思い出されたんですか？」

九条の傍らで、リサが笑った気配を感じる。

しかし、再訪者から視線を逸らさずにいると、朝輝はこちらを睨《にら》みつけたままぬっと腕を伸ばしてきた。

すわ、偉そうなことを言って、返す言葉がなくなれば暴力に訴え出るのか……などという心配をせずにすんだのは、その手にあった大量の紙袋のせいだ。

ぐい、と押しつけられるようにして、五つも六つもある紙袋を手に取らされた九条は、呆気にとられて朝輝と紙袋を交互に見やる。

「なんのつもりです？」

「ゆ、夕輝がいつもお世話になってるので差し入れ用意してたんだけど、渡すの忘れてたので。みなさんで食べてください」

「は？」

「それじゃあ、また来ます！」

それだけ言うと、朝輝は踵を返して駆けだした。

遠ざかる背中はあっと言う間に店の外へと消えていき、後ろ頭から見えた耳が、相変わらず真っ赤だったことばかり目に残る。

「な、なんなんですかあの人は……」

思わず漏れたつぶやきに、夕輝が謝りながら駆け寄ってくる。

しかし夕輝の到着を待たず、九条は床にまで散らばってしまった紙袋の一つを膝《ひざ》に乗せた。

恐る恐る中を覗きこむと、好奇心もあらわに、客も首をつきだしてくる。

「なあに、爆弾でも入ってるんじゃないの？」

「…………」

「あら……」

客と二人して目を瞠ったそこには、高そうなチョコレートの箱が無造作に詰め込まれている。

どうして、ろくでもない仕事だ、といって夕輝を迎えにきたホストクラブに、こんなにたくさんの差し入れを用意していたのだろうか。

「本当に、なんなんですかあの人は……」

包装紙越しでも漂ってくるカカオの香りと、朝輝が残していったウィスキーの香りが渾然《こんぜん》一体《いったい》となり、九条の鼻腔《びこう》にしつこく残り続けたのだった。


アフターだ、朝の営業までの休憩だ遊びだ風俗だ、とホストらが散っていったミシェルの事務所は静かなものだ。

ミシェルの暗灰色を基調としたシックな店内の雰囲気とは一転して、事務所のほうは、その前身のガールズバーだった頃から引き続き使用している年季が染みついていた。

広さだけはあるが、そのかわりロッカーを衝立《ついたて》代わりにした同じ部屋の中でホストらは着替え、そこここに灰のこびりついた灰皿が放置されている。学校の職員室さながらの素っ気ない作業机四台は、一つとして落書きのないものはなく、スタッフらのあらゆる八つ当たりを長年受け止めたロッカーはいくつも凹凸があり、鍵の意味などないものがほとんどだ。

その、店内の華やかさとは正反対の空間に、今宵は濃いチョコレートの香りが漂っていた。

マネージャーの事務机を借りて今日の客の記録を綴《つづ》っていた九条は、ペン先を空に泳がせたまま、もう長い間その香りに意識を傾けていた。

どうにも落ち着かない。

手元には、もう残り一粒しかないチョコレートの箱。

あのいけすかない説教男がくれた差し入れとやらは、実に美味《おい》しかった。

最初こそ、今日の闖入者の言動を思い出しては腹をたてていたホストも、そのチョコレートの味わいに渋面を緩めたほどだ。

ココアパウダーのかかった、小さなトリュフチョコレート。口に含むと、ほろ苦いカカオの香りと、柔らかなガナッシュの甘さが、思考回路までとろかすように味覚を満たしてくれる。

誰かがボトルをあけないか、と言い出したが最後、あっと言う間にたくさんあったチョコレートの箱は次々と空になっていった。

かくいう九条も、すでに二粒食べている。

酒に疲れた体にチョコレートなんて。と思ったが、その柔らかな甘みが体中に染み渡ると、不思議とほっとした。

最後の一粒は、朝輝を追い返した功労者の九条に、と言われ受け取ったこの箱と、ゴミ箱に山となって放り込まれた空き箱が、部屋に満ちたまま薄まる気配のない香りの正体だ。

たった一人でこの匂いの中に取り残されると、落ち着かない心地は深まる一方だった。

チョコレートは確かに美味だったが、この香りが体のすみずみまで行きわたると同時に、九条の脳裏に懐かしい記憶がかすめたからだ。

白いテーブル。放り出されたランドセル。父の気に入っていた革張りのソファーと、母がいつも買ってきてくれた……。

「あの、お疲れさまです、九条さん」

業務記録の続きも忘れて、古い記憶の波に流されかけた九条は、突然静寂を打ち破った声音にはたと顔を上げた。

誰もいなかったはずの部屋に、それも、ほとんど九条の目の前に、夕輝が気落ちした顔で立っていた。

トイレ掃除に励んでいた男も、ようやく帰り支度を終えたらしい。

夕輝が事務所に入ってきたことにさえ気づかないほど、懐古の海に浸っていた自分自身に驚きながらも、九条はポーカーフェイスを保って夕輝に「お疲れさまです」と返した。

こうして目の前にすると、確かに朝輝と似ている。

ふわふわの髪も高い鼻も、そして、いかにも甘ちゃんな雰囲気の目元も。

しかし、兄ほど意志の強そうに見えない瞳は、九条がじっと見つめるとすぐに逸らされてしまった。

「あの、今日はすみませんでした、九条さん」

「まったくですね、今度から兄弟喧嘩は余所《よそ》でやってください」

「兄弟喧嘩のつもりはありません。まさか、兄ちゃ……兄があんな無茶苦茶なことするなんて思ってなくて」

夕輝の弁解は、九条がこれみよがしに溜息《ためいき》をこぼすと同時に止《や》んだ。

九条のホストとしての経歴はもう長い。

おかげで、ここ数年若手の面倒を見る機会も増えてきたが、こういう面倒事は一番嫌いだ。

虚構の世界を作り上げ楽しむ仕事をしていながら、どうして個人の兄弟喧嘩に巻き込まれねばならないのかさっぱりわからない。

夕輝自身は悪い男ではないが、下手なおべんちゃらや一生懸命すぎるエスコートで、客のほうに気を遣わせるあたり、ホストとしてはまだまだだ。

九条は経験豊富だから、と言って店長に夕輝の面倒を頼まれているだけでも愚痴の一つも言いたくなるところを、今日にいたっては「話を聞いてやってくれ」とまで言われて、九条はほとほと嫌気がさしていた。

密度の濃い人間関係が、九条はあまり好きではない。

同僚とも後輩とも愛想よくつきあうが、一緒に飲みにいったり語りあったりということは一切してこなかった九条にとって、一足飛びに人間関係が深まる危険を秘めている「相談事」など迷惑でしかなかった。

下手に夕輝に懐かれたくないな、という気持ちも相まって、自然と九条の口調は冷たいものになる。

「朝輝さん、また来るとおっしゃってましたね。二度も三度も、店であんな御託《ごたく》聞かされちゃあたまりませんよ。しっかり追い出す覚悟はできてるんですか」

「お、追い出せたら苦労しません。兄ちゃん頑固だし……」

「だったら、朝ホストだけ出ますか？　また朝輝さんが来ても、夕輝は辞めました、といえば来なくなるでしょう。サラリーマンなら、朝の営業時間に殴り込みにこれるほど暇じゃないでしょうしね」

最近は営業時間の規制の問題上、深夜のホストクラブの営業はできない。そのため明け方から昼までを、朝シフトとして開店しているのだが、そのシフトにするかという九条の現実的な提案は、夕輝に力強く却下された。

嫌です、夜勤務がいいです。そうきっぱりと言い切る姿はすがすがしいが、じゃあどうするんですかと問い返せば、とたんに夕輝はまたしどろもどろになった。

「だいたい夕輝、あなたご家族が水商売に理解がないなら、どうして勤務先を教えたりしたんです」

「教えてません。ただ、こないだ仕事用の服とかアクセサリーを買ってるの見つかっちゃって、それ以来本当にデザインの仕事してるのかって疑問に思ってたみたいですけど」

「デザインの仕事をしてると、朝輝さんには申告してるんですか」

今年、経済系の短期大学を出たばかりのはずの若い男を頭のてっぺんからつまさきまでじろじろと見やると、夕輝は縮こまるようにしてうつむき耳を赤く染めた。

「あ、兄の縁のなさそうな仕事なら、喋《しゃべ》っててぼろが出てもばれないかなって思って……」

「その格好で、デザイナーねえ」

「な、なんですか、変ですか?」

「ええ。とりあえず、アクセサリーをつけることのできる場所すべてにつける成金もびっくりのセンスには脱帽しますよ」

根本的に何がおかしいのかわかっていないらしく、しばらく悩んだすえ、夕輝は「ありがとうございます?」と礼を言った。

そのうち、店長から「夕輝のファッションセンスも見てやってくれ」と頼まれる日が来そうな予感に、九条は頭を抱えたくなる。

「まあファッションセンスは、ちょくちょくお客様に話をふって、磨いてもらいなさい。それより問題は朝輝さんの件ですよ。まさか、今度は両親も連れて家族で店に居座ったりしないでしょうね」

ふいに、夕輝からいつもの子供っぽい表情が抜け落ちた。

朝輝と似た面立ちが、何か考えるように視線を泳がせたあと、乾いた声を漏らす。

「ありえませんよ、そんなこと。今となっては、うちでいつまでも紫麻家二十四箇条を守ってるバカ正直者は、兄ちゃんだけですから」

「…………」

紫麻家二十四箇条とやらが気にならないわけではなかったが、九条は本能で面倒事を感じ取っていた。

まずい、下手につつけば鼻水たらしながら自分語りをはじめて、慰めれば懐いてくる。今の夕輝は、そんな若いホストの典型のような雰囲気を醸し出していた。

無表情の下で冷や汗を流し、九条はつとめて気のない返事をしながら、手元にあったチョコレートを摘《つま》んだ。

「結局、自分じゃ兄を追い返せないと言いたいんですか」

聞きたいことだけ聞き直すと、夕輝がじっと九条の手元を見つめながらうなずいた。

「少なくとも、九条さんみたいにかっこよくは追い返せません」

「泥臭く地べたをはいずって、土下座しながら帰ってくださいと泣き叫んでも別にいいんですよ。無事追い返せるのならなんだって」

「自分に非がないときは、たとえ借金取りが十人がかりで襲ってきても土下座だけはしてはいけない。紫麻家二十四箇条第三十条です」

「二十四箇条なのに二十四以上あるんですか……」

はからずも、今夜他人の家のどうでもいい家訓を一つ覚えるはめになってしまった。

結局、解決策は今のところ見つかりそうにないことに嘆息すると、九条は手にしたチョコレートを口に放り込もうとした。

その手を、夕輝の声が止める。

「あの、九条さん、それ兄ちゃんが持ってきた例のチョコレートですよね？」

「そうですよ」

「……いっぱいありましたよね？」

「ええ。今となってはどれも空き箱ですが」

「……お、俺の分は？」

「ははは」

思わず声をたてて笑うと、九条はチョコレートを口に放り込んだ。

かみしめると口腔の温度にガナッシュチョコレートが溶けだし、やはり九条の中にある懐かしい記憶を刺激する。

「うわー俺の分！　ひ、ひどいです九条さん、兄ちゃんの会社のチョコレート高いんですよ！」

しかし、その決して心地いいとはいえない懐古は、幸いなことに表情を歪《ゆが》めて抗議をはじめた夕輝の情けない声がかき消してくれたのだった。


「へえ、ホストクラブもいろいろあるんだねえ。僕なんか、いかにもって感じのチャラチャラした子と目があうだけで、因縁つけられるんじゃないかって冷や冷やするのに、ホスト相手に説教だなんて勇気ある若者じゃないか」

「何が勇気なもんですか、沢内《さわうち》さん。人を侮辱して平気なやつに、偉そうなこと言われて、みんな嫌な気分にさせられたんですよ」

深夜の商店街に九条の控えめな愚痴が響いた。

歓楽街からそう遠くないものの、あの賑やかさとは一転、ひと気というものがまったくない閑散とした商店街は、ほとんどの蛍光灯が切れたアーケードが月明かりさえをさえぎり、鬱蒼《うっそう》とした雰囲気だ。

その薄暗い通りの片隅で、沢内と呼ばれた男は少し驚いた顔を見せる。

「九条が怒るなんてよっぽどだねえ。普段冷めたふりしてるくせに」

「冷めたふりとはなんですか、ふりとは」

「さあ。いつもは何にも興味ない顔してるわりに、ホストの仕事貶されて怒ってるんだと思うと、おかしくてさ」

「まさか、別に怒ってませんよ。ただ世の中には救いようのない甘ちゃんがいる、という話をしてるだけです」

ふうん、と、九条の弁解など興味のないそぶりで答える沢内は、さっきからずっとアーケードを支える柱にネクタイをくくりつけることに専心していた。

つい、九条は逃げるように身をよじりながら焦りの滲《にじ》む声で続ける。

「さ、沢内さんそろそろいいでしょう？　そんな非常識な男がいたからつい思い出していただけで、別にあなたをないがしろにしていたわけじゃないんですよ」

「せっかく会えた夜なのに、そんな男のことを考えて気もそぞろだったのかと思うと、やっぱりショックだよ」

「ホテルにいけば、もう沢内さんのことしか考えられなくなるんですから、少しくらい優しくしてください」

「さすが、ホストは口がうまいねえ」

女性客を笑顔にできる九条の口も、沢内のいたずら心までは操れなかった。

ホストの仕事も長いが、九条にはもう一つ長く続けている副業がある。

売春。といえば、紫麻家二十四箇条とやらの第何条に違反するか考えたくもないが、堂々とこなすホストの仕事と違って、なるべく人には知られたくない、しかし割のいい仕事だ。

中でも沢内は昔からの常連客で、金払いもいい。

月に一度は会い、言葉を交わすうちに少し気を許しすぎていたのかもしれない。副業の最中だというのに、九条は沢内のふとした話題に気を引かれ、また朝輝のことを思い出していたのだ。

ひとたび、あの一連の事件とチョコレートの香りを思い出してしまうと沢内の話も右から左に聞き流してしまい、ついには沢内に「今日は気もそぞろだね」と責められてしまった。

せっかく会えたのに酷い。と寂しげになじられ、お仕置きさせてと言われては、さすがの九条も申し訳なくてとっさに拒絶できなかったのだが、今となってはそんな自分の失態に後悔しかない。

沢内が一心不乱に結んでいるネクタイ。その目的は、九条をアーケードの柱にくくりつけることにあった。

最初こそ「すみません」と言いながら、今夜手に入る札の枚数のためにも沢内の機嫌をとろうとしていた九条だが、今や後ろ手に柱にしばりつけられ、その上足元に放置されている沢内の鞄の中に大人の玩具《おもちゃ》の影を見つけ、背中を冷たい汗が伝った。

お仕置きの正体は、実に危険な香りがしている。

「それで、そのお節介な男は、それ以来君の店に来たのかい、九条くん？」

「いいえ。あれから一週間になりますが見かけませんね。あの男のせいでしらけた店の空気を盛り上げるのに、店じゅうの客にボトルをサービスするはめになったというのに、また来るなんて口先だけでしたよ……」

「ははぁん、その男が気になるっていうより、今月の赤字が気になって上の空なんだろう、九条くん。ボトル、君が全額持ったのかい？」

「まさか……店とほかの連中もかぶってくれたので、四割くらいですみました」

「ってことは、今月のお給料はどうなるの？」

「………」

ネクタイの結び目に満足したらしい沢内が、九条の顔を覗きこむとふっと苦笑を浮かべた。

つきあいが長いとトラブルも少ない。というのは強みだったが、まるで九条のことをなんでもわかっているかのような態度をとられるのは苦手だ。

思わず顔をそむけた九条のベルトに、何かが触れた。

沢内の指先がベルトのバックルにかかったのだと気づいたときには、静かな商店街に金具の触れあう音が響きわたり、スラックスの前をくつろげられていく。

「さ、沢内さん」

「今月は赤字かな？　久しぶりだよね、ここ数年、九条くんは稼ぎがいいみたいだったから、給与明細見るのが今から怖いだろう？」

「その通りです。認めますから冗談はそのくらいにしてください」

拒絶の声を聞きながらも、沢内の手はゆるんだ九条のスラックスの腰にかかった。慌てて足を閉じるが、なめらかな布地は九条の素肌をすべっていくだけで、あっと言う間に九条の下半身は夜気にさらされる。

しかし、その空気の冷たさよりも、自由の利かない体で、こんな場所で下半身を露出させられてしまったことへの恐怖が九条を凍えさせた。

それでもなお、いつものポーカーフェイスを取り繕う九条の表情からは、その恐怖はうかがえない。

「なるほど、君はホストをバカにされたことよりも、お給料が減ったことに怒ってるわけだ。

おかげで、副業の数を増やさないとならないから」

「沢内さん、後生です。ほどいてください」

「いいじゃないか九条くん、久しぶりなんだし、お仕置きなんだし、五分だけ、ね？」

「そんな、可愛らしくおねだりされましても」

九条の懇願などどこ吹く風で、沢内は鞄の中に見え隠れしていた物体を取り出した。

ブドウの粒くらいの球体が連なったような、細いアナルプラグ。

野外で、こんな姿で、そんなものを見せつけられる。この光景をどこからともなく誰かに見られているような気がして、九条は思わず顔をそむける。

ミシェルに通いつめる女性客に見つかれば最後、一夜にしてホスト人生が終わりそうなこの状況は、九条にとってもはや日常茶飯事となっていた。

売り専しない？　と、実に気楽に売春の仕事を紹介してくれたのは、当時勤めていたホストクラブの売れない同僚だった。朝輝の言う「ホストなんかとつきあっていたらろくなことにならない」というセリフも、わからないでもない思い出だ。

とにかく、その当時は金が欲しかった。一円でも多く、どんな手段でもいいから。という切羽詰まった状況だったのだが、その結果、ずるずる続いたこの副業も、もう何年目かは深く考えたくない。

恋人も友人も欲しいと思わない九条には、金だけで繋《つな》がっていられる売春は割のいい副業だったのだが、ホストとして軌道に乗った今、少しずつこの機会を減らしていこうかとは思っている。

しかし、長年染みついた臨時収入への執着から、常連客との関係を絶てないでいた。その上今週はただでさえ給料が減ると思うと、久しぶりに「口座残高ゼロ」の過去を思い返し、恐怖心から逃げるように九条はあちらこちらの売春常連客に声をかけてしまったのだ。

朝輝をミシェルから追い返すときは余裕綽々《しゃくしゃく》だったのに、今となっては収入赤字の原因となったあの男が憎たらしい。

ホストという仕事を朝輝に罵られたときは露ほども揺れなかった九条の心だが、さすがに売春となると罪悪感は抱いている。

しかし、いざ金銭面で不安を覚えれば、その売春についつい逃げてしまう自分の弱さが嫌で、八つ当たりのように朝輝のことを思い出しては「あいつのせいで」なんて思っていた結果、この有様だ。

「いつもクールぶってる九条くんでも、露出プレイとかは慌てるんだね」

「クールぶってるとはなんですか、ぶってるとは……」

誰に見られるともわからない状況で総毛立つ心を、ポーカーフェイスの下に押し込め九条は沢内を上目使いに見た。

「とにかく、考え事してて申し訳なかったです。ホテルでいくらでもサービスしますから冗談よしましょうよ」

「ありがとう、ホテルでの時間も楽しみにしてるよ。……じゃあ、挿れるね！」

「沢内さんっ」

押し問答に決着をつける気ももはやないのか、沢内は気弱な笑みを浮かべ九条の腰に手を這《は》わせてきた。

ワイシャツの裾《すそ》をまくり尻たぶに触れられたとたん、場所もわきまえず九条の体が震える。ささくれだった沢内の指先がやんわりと尻肉を押し広げ、むき出しにされた後孔に玩具のとがった先端が押しつけられた。

まずい、と九条は思った。

沢内と会う時間にあわせて、彼を受け入れる予定の器官にゼリーカプセルを挿入していたのだ。

お客様の欲望にお手間はとらせません。

そんな商売意欲が、無念にも九条を窮地に立たせる。

懸命に下半身に力を籠《こ》めたものの、沢内がわずかに指を押し込むだけで、簡単にアナルプラグは九条の中に滑り込んできた。

押し広げられた入り口が震え、それはすぐに九条の想像通り、ゼリーカプセルに潤みはじめている内壁に埋め込まれてしまう。

「あっ……沢内さん、ちょっと……っ」

「うーん、細すぎたかな、ずるずる飲み込んでいくね」

身を屈《かが》め、九条の腰回りを覗きこみながら沢内が言うと、その呼気が太ももを撫《な》でていく。

そんなささやかな感触にさえ感じながら、九条は柱にしがみつくようにして腰を反らせた。

細長いアナルプラグはあっと言う間に九条の中につきささり、沢内が手を離しても落ちることはない。

「っ……沢内さ……」

どうしたものか。

なんと媚びて止めてもらうべきか。

こぼれそうな嬌声《きょうせい》に喉の奥をひくつかせながら、九条が沢内にすがろうとしたちょうどそのとき、突然静かなシャッター通りに控えめな電子音が鳴り響いた。

ぎくりと身を強張《こわば》らせた九条の中が、いっそう玩具を締めつけ、敏感な粘膜にシリコンの凹凸が沈みこんでくる。

「く、んっ……」

「あ、ごめん、ちょっと電話が……」

沢内がすぐに携帯電話を手にしたため着信音は止んでくれたが、今の音に誘われ誰かやってくるのでは、という焦燥感に九条の心臓は高鳴った。

ささやくような沢内の電話の応答さえひどく大きな音に聞こえ、九条は隠れようもないのに身を縮こまらせあたりに視線をやる。

まだ大丈夫だ。誰もいない。そう自分に言い聞かせてはいるが、誰かの声が聞こえるような気もする。

「ん、どうしたのこんな時間に。……えっ、部長と専務が⁉　ちょっとやめてよ、何その組みあわせ……え？　えっ？　いや、今僕ちょっと手が離せなくて」

電話に夢中なわりに、沢内の左手は暇つぶしのように九条に入れた玩具を手にしたままだ。固定電話のコードでもいじるかのように、その指先はぐるぐると玩具の持ち手を回転させはじめる。

荒い刺激と、電話の向こうに第三者がいるのだという緊張感に、九条の体が淫《みだ》らに跳ねた。

「っ、はっ、ふ……」

「っていうかなんでそんな小声なの？　部長に見つかりたくない？　その気持ちはわかるけど……ああもう、ちょっとだけだよ？　タクシー呼んで二人を押し込んだらすぐに僕も帰るからね、それ以上はつきあえないよ」

なんの話かわからないが、沢内は電話の相手に押し切られてしまったらしい。

深い溜息とともにようやく電話を切ると、沢内は申し訳なさそうに九条の顔を覗きこんできた。

「九条くんごめんね、ちょっとキャバクラに行ってくるよ」

「……は、はい？」

思いがけない言葉に、つい素《す》っ頓狂《とんきょう》な声が漏れた。

ゲイでドのつく変態の沢内が、自分との時間を放ったらかしてまで、女の子がサービスしてくれる店でなんの用なのか。

「いや、職場の部長と専務が酔いつぶれてるらしくて、部下に無理にでも帰らせてくれないかってお願いされちゃってね」

「そ、そうなんですか、それは……大変、ですね……ぁっ？」

なら、今日はここでお開きか。

予定していた収入がなくなることに落胆はしたが、幸いこの露出プレイからは逃れられそうだ。

そう安堵《あんど》した九条の直腸の中で、ふいにアナルプラグが微振動をはじめた。

機械的な小刻みの振動に、内壁が驚いたように震える。

「っ、沢内さん、もう……っ」

「タクシー使ってすぐ戻ってくるから。大丈夫、十分で戻……いや、二十分……三十分かな？とにかくすぐ戻ってくるから待っててね」

「え、いや、ちょっとそんなっ、冗談……ふぁっ」

いつの間にかアナルプラグのスイッチをオンにしたらしい沢内は、腕時計に目をやり大真面目な顔をしてそう言うと、ポケットから財布を取り出した。

一万円札を二枚抜き、それを九条の胸ポケットに無造作にねじ入れてくる。

「ボーナス近いから今日は気前いいよ。戻ってきたらあと二枚あげるから」

「っ……」

いらないので、ほどいてください。

そう言うより先に、万札が脳裏にちらつき、九条はとっさに返事ができなかった。

その隙に遠ざかる背中に声をかけようにも、大声を出すことさえ怖かった。

「さ、沢内さんっ……」

かろうじて絞りだした声は沢内に届いたのか届かなかったのか。

どちらにせよ商店街の暗がりに消えていく男に、九条はもはや悪態も思い浮かばず青くなった。

このあたりは、扉や窓に板を張った空き家もあるほど閑散とした通りで、アーケードの隙間から見える建物の上階部にも、窓明かりひとつ見あたらない。

シャッター通りの名にふさわしく、各店舗のシャッターは地面と同化したかのように錆《さ》びつき、二度と開きそうにない。

当然深夜の人通りなどないに等しく、通りを抜けた先に古いホテル街があるせいか、いつの間にかゲイが集まるようになっていた。

もし、この通りを誰かが通ることがあっても、平日のこの時間なら十中八九同類だ。

そうとわかっていても、落ち着かないのは確かだった。

誰も通らないでくれと祈るのもバカバカしく、九条は懸命に後ろ手にされた拘束を揺する。アーケードを支える柱と、腕時計がぶつかる乾いた音があたりに響くたび、心臓が臆病《おくびょう》に竦《すく》む。それでも地道に手首をよじり、ネクタイをほどこうともがく音に紛れ、嫌な音が聞こえた気がして九条はぎくりと体を強張らせた。

こつん。こつん。

思いがけず近い場所から聞こえてきた控えめな靴音に、血の気が引いた。

心臓が痛いほど高鳴り、この場から逃げ出してしまいたいのに、ネクタイの拘束は絶望的なほど頑強だ。

静かなシャッター通りに、アナルプラグのモーター音も、濡れた内壁がたてる水音も響き渡っているのではないか。

そんな被害妄想が九条を襲う中、足音はすぐ傍らまで近づいてくる。

不自然なほど足元を凝視したまま、顔も上げられない九条の視界に、のっそりと人影が映りこむ。

人影が立ち止まった。

もう、被害妄想とも言っていられない。きっとこの距離なら、この通行人の耳にも、不自然なモーター音は聞こえているはずだ。

その自覚だけで、九条の下肢の窄《すぼ》まりに力が入り、玩具が深く粘膜につきささる。

こぼれる吐息に自分でも呆《あき》れながら、九条は沈黙に耐えきれず顔を上げた。

値踏みされるのも、嘲笑されるのも趣味ではない。写真をとられでもしたら最悪だ。

ここに至っては、開き直って助けを求めるなり追い払うしかないだろう。

何をいつまで見ているんです。

そう、強く言うつもりで九条は顔を上げたのだが、しかし結局、虚勢を張ったセリフは唇からこぼれることはなかった。

顔を上げた先にいた男の姿に、我知らず奇妙な音が喉から漏れる。

「えっ？」

九条の声に、我に返ったように通りすがりの男も声を上げた。

「ええっ？」

平日の深夜はゲイの通り道。

そんなシャッター通りに最悪のタイミングで通りかかった男の、はにわのようにぽかんとした顔は、まぎれもなく後輩ホスト夕輝の兄、朝輝のものだった。

「ま、待て待て、待てって、動くなってば」

「動いて、ませんよっ……あんまり音をたてないでくださっ、んっ」

シャッター通りに、がちゃがちゃとうるさい音が響きわたる。

はにわ顔だった朝輝の第一声はあろうことか「安心して、今すぐ警察呼ぶから！」だったのだが、丁重にお断りして、今こうしてネクタイの拘束を外してもらっているところだ。

柱の後ろは、裏の店の錆びた看板が突き出しており、それが邪魔で朝輝は九条の背後に回れないらしい。仕方なく、九条の前に立ち抱きしめるように背中に手を回して結び目をいじっているせいか、救出はまだまだ先になりそうだ。

スラックスをはき直すことも、前を隠すこともさて置いて、ネクタイをほどいてくれと頼むだけで精いっぱいだった九条だが、かれこれ五分も経過した今となっては、抱きあうような姿のまま下半身をさらしていることが落ち着かないことこの上ない。

「朝輝さん、爪《つめ》たてないでくださいっ、痛いです」

「え⁉　あ、ごめん、これ時計か……柱の金具の下にあなたの手があるから、結び目がどうなってるのかよくわからないんだよ」

ときおり、直腸の中で震える玩具に、九条の体は相変わらず反応してしまうが、幸い朝輝は結び目をほどくことに夢中で頓着していないようだ。

ばれないように、膝をあわせて痺《しび》れるような快感をやり過ごしながら、九条は吐息を飲み込む。

この姿を見つかってからこちら、朝輝はろくなことを言わない。

「ああ、くそ、ハサミがあればネクタイ切っちゃうんだけどな。まったく、いかがわしいことばかりしてるからこんな目にあうんだぞ」

「はいはい」

「はい、は一回！　そんな適当な態度でいると、ますます悪い人に目をつけられちまうぞ」

「は。それは恐ろしいことですね」

「そうだよ、怖いんだよ。こんな暗い場所で、通りかかったのが俺じゃなかったらどうしてたんだかまったく……」

朝輝に助けを求めたときから、何を言われるかはごまんと頭に浮かんだが、そのうちのあらかたはもう実際言われてしまった気がする。

こんな夜中にふらふらするな。からはじまり、恋人でない人とセックスするなんて間違ってる。まで、口うるさい正論がシャッター通りに延々と響き渡りはや五分。

幸い人通りは未だない……と言いたいところだが、大方この界隈《かいわい》にやってきた人間がいても、響き渡る説教に厄介《やっかい》な酔っ払いがいるとでも思ってみんな避けているのだろう。

「ところで、これもホストの仕事の一環なのか？」

「ホストは何しててもおかしくないからね」

「そう見えますか」

「ホストが実はゲイだったなんてばれたら、今まで入れあげてくれた女性客に詐欺だと言われますよ。こんなことするわけないでしょう」

「えっ？　あなた、えっと……」

「九条でけっこう」

「九条さんゲイなの？　まさか夕輝のことも……」

「失敬な、食べてませんよあんな青二才。これは、ただの副業です」

よほど心配になったのか、朝輝は手を止めて顔を覗きこんでくる。

その視線は、九条の肌をなぞるように胸元へゆっくりと移動した。上半身だけはきっちり着込んだジャケットの胸ポケットには、沢内がねじ入れた一万円札がハンカチと一緒になって顔を覗かせている。

「援助交際、売春、売り専。どれが正解だ？」

「どれだと、怒らないでくれますか」

「どれでも怒るよ！　全部同じ意味なんだから！」

この状況で隠すのもバカバカしくて腹をくくった九条に、朝輝の表情が崩れていく。

嫌悪に歪むだけならあしらうことも造作ないが、その目に光る「これは一言言ってやらねば」と読み取れるお節介の色に、九条は冷や汗を浮かべた。

ただでさえ口うるさかったのに、まだまだ説教のストックはいくらでもありそうだ。

「いくらなんでもただれすぎだよ、九条さん、まさかこの状況でも職業に貴賤はないとか言いださないだろうな。売春は立派な犯罪だぞ」

「…………」

知ってます。胸のうちだけで反論しながら、九条は朝輝の後頭部を見つめた。

一心不乱にネクタイをほどこうとしてくれている男からは、九条を糺《ただ》してやらねば、と言わんばかりの空気が体中から吹き出している。

自分の副業の愚かさなど百も承知だ。

しかし、この副業に至るまでの道のりを思い返すと、朝輝のような自分の嫌いなものは悪だと言わんばかりの糾弾に苛立ちを覚える。

自分を大事にしろだの、そんなお金を使っちゃいけないだの、その言葉を守ることができるなら、人生苦労なんててない。

「朝輝さん、汚いことを頼んで申し訳ないんですが」

「な、何？」

「……下、はかせてくださいませんか？」

「し、下？」

「……ですから、あなたの言うところのふしだらな玩具を抜いていただいて、その上で服を着せてもらえると大変ありがたいんですが」

朝輝に尻から持ち手が飛び出ているアナルプラグを抜いてもらうのは悪いな、という気持ちもあったのだが、そろそろ気遣いなど霧散しかけている。

「あ、ああごめん、気づかなくて」

慌てて朝輝は身を離すと、九条の足元に落ちているスラックスに手を伸ばした。説教はうっとうしいが、憎めない男だ。

しかし、そうやって屈んだままの姿勢で朝輝の体は動きを止めた。

「……朝輝さん？」

「あ、いや……」

歯切れの悪い返事をこぼす朝輝の視線は、九条の股間《こかん》に注がれている。

耐えがたい羞恥《しゅうち》に、目の前の整った顔を蹴飛ばしたい誘惑にかられたが、九条はただ唇を嚙《か》むに留《とど》めた。

きっと、すぐに朝輝は視線を逸らしてくれるだろう。

男の体に興味がなければ、見ていたいものでもないだろうし。

そう高をくくったとたん、太もものあたりに何か気配を感じて、九条は身を竦めた。

手だ。朝輝の手が、ぎこちない動きで伸びてきたかと思うと、九条の足の間に差し込まれ、そしてアナルプラグの持ち手に触れる。

「あ、ぅっ」

ゆっくり、ゆっくり抜けていく感触。

プラグの凹凸に粘膜をいたぶられていると、九条は朝輝に卑猥《ひわい》なことをされているような気になってきた。

この男は、ただ善意でプラグを抜いているだけだ。

そう自分に言い聞かせるのに、今夜の売春の予定に準備の整っていた体は、浅ましく快感を追い求める。そのほうが、この仕事をするなら楽だから、と体に覚えこませてきた従順な肉欲が、九条の理性に反してこれ以上の刺激を求めていた。

「すごい……」

ふいに、足元で声が聞こえて、九条は薄く瞼《まぶた》を開いた。

眼下で、じっと九条の股間を見つめる朝輝の鼻先が見える。

くまなく見られている。

そう意識したとたん、九条は自身の陰茎がひくついたことに気づく。

きっとそれさえも見られた。

この口うるさい説教魔に、触れられてもいないのに興奮する自分の拍動を。

「あ、朝輝さん、どうしてそんなに焦《じ》らすんですか、こないだの仕返しですか？」

「えっ？」

九条の、自分でもわけのわからぬ恨み言に、朝輝がひどく驚いた顔をして見上げてきた。大きな瞳が潤んでいる。目尻が赤い。

まるで、朝輝も九条の興奮にあてられているようだが、気のせいだろうか。

気のせいだ。

九条はそう結論づけた。

ともすれば、今時婚前交渉でさえ説教しそうな男が、こんな状況下で興奮するはずがない。しかし、九条の切って捨てた仮定を裏切るように、返ってきた朝輝の声は掠《かす》れていた。

「な、何、焦らすって。九条が抜けっていうから俺……」

「で、できれば一気に抜いてください。そんなにゆっくりされるとっ」

「……ゆっくりされると、気持ちいいのか？」

モーター音に紛れて、静かな商店街に誰かが唾《つば》を飲み込む音が聞こえた気がした。

「気、持ちいいとか、そういうことじゃありません。早く、抜いて欲しいだけですっ」

苦し紛れの抗議に朝輝は「そ、そうだよな」と気まずそうに答えながら、しかしその手は止まったままだ。

朝輝が固まったようにじっとしているせいで、柔らかな内壁に玩具の先端が食い込んでくる。

だが、九条ははたと気づいた。

違う、朝輝のせいではない。じっとしている朝輝の手の上で、九条が腰をくねらせているから食い込んでいるのだ……。

その淫らな肢体を、朝輝がじっと見ていたのだと気づき九条は自分の中がひどく高ぶっていくのを自覚せずにはいられなかった。

何もかもが静かな中で、淫らなのは自分だけだったのだと思い知らされたようで、売り慣れた体がその事実に恥辱よりも快感を覚えている。

「九条……本当に、抜いていいのか？」

朝輝の言葉が吐息となって股間に触れ、九条は唇を嚙んだ。

「こんなに咥《くわ》えこんでるのに、抜いてもいいのか？」

「抜いてください。一気に……朝輝さん、お願いですから」

バカにしていた男に懇願する屈辱が九条の欲望をさらに煽る。

これ以上つまらないことを言われては、自分はどんな醜態をさらしてしまうかわからない。

そんな不安が頭をもたげたときだった。

ぐ、っと直腸内に力が籠もった。と同時に、一気に九条の中を圧迫していたものが抜き取られていく。

ずるずると、粘膜を激しくこすりあげられる感触。

「あ、あっ……！」

シャッター街に欲情しきった自分の声が反響する。

再び、誰かの生唾を飲み込む音が聞こえた気がしたが、九条はもはやそれどころではなかった。

たまらない快感だった。

微振動にじっくりと責められ続けた粘膜は、すっかり溶けきったゼリーカプセルのおかげで濡れそぼり、ようやく与えられた摩擦に戦慄《わなな》いている。

痺れる腰を震えそうな足で支えながら、深い愉悦の波が収まるのをじっと待っていたばかりに、九条はしばらくの間、朝輝が黙りこくっていることに気づけなかった。

どのくらい経《た》っただろうか。ふと、目をあけると目の前に朝輝の顔があった。

いつの間にか立ち上がっていたらしい男は、しかし食い入るように九条の顔を覗きこむばかりで、一向にスラックスをはかせてくれる気配はない。

いつの間にかモーター音が止んでいる。

一層濃くなった沈黙の中で、九条は朝輝の瞳を受け止め、そして鼻へ、口へ、喉元へ……ゆっくりと、視線を下げていく。

不可解な朝輝の沈黙の正体に気づいたのは、視線が朝輝の股間に辿《たど》りついたときだった。

紺色の朝輝のスラックスは、暗がりの中でもわかるほど一か所だけが盛り上がって、深い陰影を作っていた。

営業中のホストクラブに乗り込み、さんざ享楽を批判した男の雄が、こんな状況下で熱を帯びている。

口では立派な道徳観をぬかすくせに、自分の欲望一つ律することができないのか。と、九条の中に性質《たち》の悪いいたずら心が湧いた。

再び九条は朝輝の瞳を見つめ返し、そっと右足を持ち上げる。

この、今まで立派な御託を並べていた男の肉欲をつついてやれば、朝輝はどんなみっともない姿をさらすだろうと、九条は朝輝の股間にそっと自分の膝を押しつけた。

「っ……！　あ、いや、これはっ……」

弾かれたように、朝輝は九条から視線をはずしたが、わずかに身じろいだだけで体を離そうとはしなかった。

「よかった、おそろいですね朝輝さん」

「え、えっ？」

強すぎず、弱すぎず。

柱に足の裏をつけて体を支えると、そのまま朝輝のふくらんだ場所で膝を揺らす。

「朝輝さん、これ……玩具の代わりに挿れてくれませんか」

朝輝が目を瞠った。唇が、いつもの小言も忘れてただ震えている。

膝に、朝輝のものがまた質量を増したことが伝わってくる。

「な、何言ってるんだよ。ふ、ふしだら、だぞ、そういうことはっ……」

想像通りのセリフにうんざりしながらも、九条は確かな欲望の感触に、朝輝もしょせん口先だけだと思えて楽しくなってきた。

「後生です、人助けだと思って」

「あ、ああ、わかってる。わかってる、ネクタイをほどけばいいんだろ……っ」

「ひどい人ですね、朝輝さんは。助けてくれるふりをして、玩具で私の中をいたぶっておきながら、これ以上は何もしてくれないなんて」

「ふりっ？　ちが、違うだろ、一気に抜けって九条が言うから！」

朝輝の手が、九条の膝に置かれた。

どけようと力を籠められるが、九条は膝を降ろすどころか朝輝の耳朶《じだ》に噛みつくようにして顔を近づけた。

朝輝の心音が高鳴るのを聞いた気さえする。

そのくらい顕著に反応した朝輝に、九条は畳み掛けた。

「朝輝さん、あなたのそれ、私にください……」

切なげな声で懇願すると、九条はまた朝輝の股間をゆっくりと押す。すると、震える朝輝の指先が膝ではなく、彼自身のスラックスのジッパーへと触れた。

じり、じり、とジッパーの降りる音がこれ以上ないほどゆっくりとあたりに響く。

その音に達成感を覚えながら、九条は朝輝のふくよかな耳たぶにそっと舌を這わせた。

「っ！」

こんな場所で前をくつろげ、猛《たけ》った己のものを取り出す……。

そんな浅ましさが朝輝の中にもあるのだと、指摘して笑ってやるつもりだった。

ほらごらんなさい、欲望なんて単純なものなんですよ。どう発散しようと人の勝手でしょう。そう強引に言えば、きっと朝輝は己の反応に羞恥を覚えこれ以上の説教は鈍るだろう。

助けてもらいたいのはやまやまだが、これ以上お節介な説教を耳に入れずにすむのなら、このまま帰ってくれてもかまわない。

そう思っていたのに、九条の体は気づけば勢いよく柱に押しつけられていた。

朝輝の手が、強く柱を叩く音が響いたかと思うと、九条の右足がもう片方の手に抱え上げられる。

地面を探った自分の足が、朝輝の腕にホールドされたかと思うと、片足だけで体をささえる九条の足の間に、朝輝の体が潜り込んできた。

「っ、朝輝さん……っ」

待って、と言いかけて九条は息を飲んだ。間近の朝輝の瞳が、暗がりの中で輝いている。

瞳を通して、淫蕩な体の奥深くまで見つめられた気になり、九条の腰が震えた。

不安定なポーズのまま、もはや足元を見る余裕さえない九条には、自身がどんな格好になっているかさえわからなかったが、突然尻に触れた熱い感触が何かくらいはわかる。

朝輝の雄芯が、こんな場所でむき出しになって肉欲を求めている。

朝輝の正義心が崩れる瞬間を前にして、欲望と期待が絡まりあった九条の体は今まで以上に火照り、入り口となるはずの秘部がひくついた。

その感触を、朝輝の性器も感じとったらしい。

一瞬、耳元で朝輝の呼気が止まったかと思うと、彼自身が九条の中に割り入ってきた。

異常な状況下でアナルプラグに犯されつづけた内壁は、ようやく本命が来たかとばかりにうねり、やすやすと朝輝を飲み込んでいく。

「っ、ふ、ぁっ……」

「くっ……」

九条の足を掴《つか》む朝輝の腕は思った以上に頑強で、やすやすと抱え上げられた形になった九条は、かろうじて片足がついた格好になる。そこへ、もう片方の手に尻を掴まれ、朝輝のものが押し入ってくると、体が浮きそうだ。

まさか、本当にするなんて……。

所詮《しょせん》、人間なんていざとなれば保身や己の快楽に走るもの。と思ってはいたが、しかし九条は朝輝を少し侮っていた。

どうせ、からかえばすぐにでも逃げ帰ると思い込んでいたのだ。

ミシェルで耳まで赤くして背中を見せたあのときのように。

ほとんど苦痛を感じないまま、朝輝のものを根本まで飲み込んだ自分自身の淫蕩《いんとう》さに呆れながらも九条は、朝輝の本性をもっと見たくなって煽ってみせる。

「は、はぁっ、ふふ、聖人君子も、立派なものをお持ちなんですね。こんなに固くして……」

だが、その言葉が聞こえていないかのように、唐突に朝輝が腰を使い始めた。

「あっ……」

朝輝のものがずるずると抜けていったかと思うと、再び奥深くへ押し込まれ、そしてまた抜けていく、その繰り返し。尻を抱え上げられ、九条は爪先立《つまさきだ》ちになりながら激しい刺激に流されていく。

体が傾くままに任せ天井を見上げると、すすけたアーケードの隙間から民家の屋根や星空が見え、九条の中から余裕が剝げ落ちていく。

誰かに見られるかもしれない。今まさに、沢内が帰ってくるかもしれない。理性が九条の浅ましさを責めるようにそんな不安を思い起こさせる。

「あ、ぅ……はぁ、は、ぁっ、あっ」

「はぁ、すごい……信じられない、こんないやらしいことしてるなんて……」

耳朶で、朝輝が独り言のように何か呟《つぶや》く。

水音がひどい。

ゼリーカプセルの中から溶け出したローションが、九条の中でその淫乱さを指摘するかのように、こぷこぷと激しく泡立って音を立てている。

「ち、ちょっと、朝輝さん……もう、少し……そっと……っ」

「そっと？」

「え、え……ふぁ、あっ」

そっと、とおうむ返しにしてきたくせに、朝輝の腰はいっそう深く九条の中を責めたてた。

ぱん、と肉と肉のぶつかる音が辺りに響き、朝輝のスラックスのボタンまで九条の尻を叩く。

プラスチックボタンが肌を弾いた痛みが、じんと痺れて九条の欲望の泉にさらなる小石を落としていった。

「あ、ぅんっ、あ、さきさんっ」

「だって、抜こうとしたら……しがみついてくるからっ」

「は、いっ？」

「中が……はぁ、はっ……絡みついてくる」

「っ」

言葉が、九条の細胞のいたるところを犯すようだった。

尻に、さらに朝輝の指が食い込んできた。かと思うと、九条の爪先立っていた足がついに宙に浮く。

　柱に背中をもたせただけの姿で抱え上げられた九条は、もはやちょっとの自由もないまま荒れ狂う朝輝の熱欲を受け止めるはめに陥った。

「あっ、うっそ……でしょうっ……？」

　煽るはずが、すっかり朝輝の欲望に飲み込まれてしまっている。

　高ぶる自分のものから先走りの汁がこぼれ、その雫が自身の先端を這うことにさえ腰を震わせ、九条は後ろ手で柱の凹凸にしがみついてのけぞった。

「あ、あっ……」

「ぅ、わっ、駄目だ、そんなに締めつけたら」

「少し、黙ってくださ……いっ」

　締めつけてなんかいない。と言いたくても、朝輝が言葉を発するそばから自分の淫らな腹の中が朝輝のものに絡みつき、蠕動《ぜんどう》するのだから説得力がない。

　もうイってしまう。そう思いながらも、朝輝の限界も近いことを九条は浅ましいばかりの後孔で感じ取っていた。

「九条……っ、助かってる、か……？」

「は、ふっ……あっ？」

「九条が、助けてなんていうから、俺わけわかんなくなって……くっそ、いやらしい」

そんな、切ない吐息が触れたかと思うと、朝輝がひときわ強く九条の中に彼自身を叩きこんできた。

うねり、快感にどん欲だった内壁がその刺激に震え、腹の奥に力が入る。

快楽の波はあっと言う間に九条の足の先まで駆け巡り、耐えきれずに九条は達してしまった。

朝輝の服を汚してしまう。

そう自覚しながら震える九条の中から、朝輝のものもずるりと抜け落ちていく。

「はぁ、はっ、は……」

ぴくりと一瞬肩を跳ねさせた朝輝が、九条の尻を摑んだまま息を吐く。

まだ、とろとろと体液をこぼす九条のものに、別の温かな滴りが絡みついてきて、九条は朝輝も達したことに気づいた。

「あっ、は、はぁ……あ、あなたなんかに、イかされるとは……っ」

「はぁ、はぁ……」

なんの余裕もないのか、それとも達したとたんに我に返ったのか、朝輝からの返事はない。

愉悦に浸った体に、夜風が触れるだけでも二人して戦慄きながら、しばらくの間黙っていると、ようやく呼吸の穏やかになってきた朝輝の手から力が抜けていった。

壊れ物のように、そっと足を地面に降ろされ、ようやく九条は柱を摑んでいた手の力を緩める。

長い時間持ち上げられていたため軽く痺れている足で地面で踏みしめながら、九条はまだ顔を上げられないらしい朝輝の耳元で囁いた。

「どうですか、淫売の味は」

「えっ?」

下品な言葉に誘われるように、朝輝が顔を上げる。

その瞳には、後悔や嫌悪があるかと思ったが、思いがけずまだ快楽の余韻に揺れているようだ。

説教魔に似合わぬ艶っぽい瞳に微笑みかけると、九条もまた頰を上気させたまま意地悪く言葉を選ぶ。

「これで共犯者ですよ朝輝さん。私が売りをしてることは誰にも言わないでください。すっぱり、何もかも忘れてください。でないと……」

「で、でないと……」

「あなたとアオカンしたって、言いふらしちゃいますからね」

「えっ!」

「外でエッチもしたし、ゴムもつけなかったし、行きずりの相手だし、愛もない。さて、紫麻家二十四箇条とやらの何条に違反するでしょうか」

「な、なっ……九条が、くじょ……」

わなわなと朝輝は唇を震わせ、何も言えないでいる。

しかし、九条としても真剣だ。ここで、しっかり手綱《たづな》を握っておかねば、今後どこででも売春に関して口うるさく忠告してくるに違いない。

本職のほうの客の耳にでも入れれば失業の危機だ。

しかし、見つめあううちに朝輝の震えは収まっていく。

ぽかん、として九条を見つめたままの瞳は相変わらず輝いていて、欲望の波は引いていないように見えた。その大きな瞳に、自分の姿が映っていることに気づいて九条ははっとなった。

うるんだ瞳、緩んだ口元。

いつものお澄まし顔は、朝輝の熱欲によがり狂った余韻に染まったままではないか。

慌てて口元を引き締めようとしたときだった。

「九条、俺……清く正しく生きるには、まだまだ修行が足りないのかな」

「は？」

ふいに、朝輝の顔が近づいてきた。

わけのわからないまま、九条の視界が暗くなり、唇に柔らかいものが触れる。

「んっ……？」

唇が触れあっている。その意味に気づくより先に、今度は舌が入ってきた。

生温かい粘膜が口腔を這い、九条の味覚のすみずみまで犯しつくそうとする。

鼻腔も喉も何もかも、朝輝の香りに満たされていく。

こんなにも甘いキスが世の中にはあるのか。

驚く九条は、しばらくしてその味覚を犯す正体に気づいた。

チョコレートだ。

朝輝の舌はチョコレートでできている。

気づけば九条は、嫌味も脅しも、そのほかあらゆる言葉を貪《むさぼ》り食われ、カカオの濃厚な香りに包みこまれていったのだった。


家に帰ると、父のお気に入りの革張りのソファーにランドセルを放り出し、リビングの真ん中に駆けよる。

白いテーブルには母が趣味で集めているブランドのコンポートに、いつもチョコレートが並んでいたことを、九条はたった一つのキスで思い出してしまっていた。

子供の頃、九条の母は毎日高級チョコレートを用意してくれていたものだ。九条にとってそういうものをいつでも食べることができるのは日常の光景でもあった。

会社を興して成功した父と、名家出身のお嬢様だった母の間に生まれた九条の少年時代の記憶は、贅沢《ぜいたく》と笑顔に満ちていた。

欲しいと思って手に入らないものはなかったし、衣食住にも何一つ不満を抱《いだ》いたことはない。おやつの時間には母と、夕食後のデザートの時間には父と、チョコレートを食べながら今日一日の話をするのが日課だった九条は、しかし大人になった今となっては、当時の父母の笑顔はおぼろげだ。

いつも笑顔の絶えない家庭だった記憶だけはあるのだが、その笑い声も、微笑みも、高価なチョコレートを食べない日々が続くうちに、その味と一緒に忘れてしまったのかもしれない。

脳裏にいつまでも回り続ける、遠い日々の光景に眉をひそめながら、今、九条はシャワーを浴びて脱衣所に出たところだった。

浴室でしつこく口をゆすいだが、朝輝のチョコの香りはまだ九条の口唇にまとわりついている。

ミシェルのナンバーワンホストを名乗りながら、キス一つに心乱されるというのも皮肉な話だ。

しかし、ふと視界で何か光ったことに気づいて、九条は青くなった。

洗濯機の上に置いた衣服の上で、携帯電話がメールの着信を知らせるランプを明滅させている。

ランプの色でわかる。母だ。

——寒くなってきましたね。私もお父さんも元気です。あなたも体には気をつけて。

慌ててメールを開くと、ほかに用事が思いつかなかったのか、あたりさわりのない一文があった。それを確認して、我知らず九条は吐息をこぼす。

子供の頃と違い、今の九条は両親からメールがあるだけで、すわ何か両親にあったのか……と不安を覚え、こうしてぎこちないメールを確認しては安堵の息を吐く、その繰り返しだ。

手短に礼の言葉だけ返信すると、九条は身だしなみを整え、リビングに通じる浴室の扉をそっと開ける。

とたんに、廊下の向こうから朝輝の声が聞こえてきた。

「だから、そういうことじゃないです沢内さん。ちゃんと俺の目を見て話してくださ……あ、いや今電話ですけど、とにかくですね……！」

電話中のようだ。それも、沢内と。

沢内の名が出てきたことに内心驚きながらも、九条はいつものポーカーフェイスでリビングの扉を開き、座卓の脇で電話を握りしめる朝輝の向かいに腰を下ろした。

「沢内さん、だまされませんよ。そうやってまた話をはぐらかすつもりですね」

言いながら、朝輝はちらりと九条を見上げ、座卓に置かれた湯呑みを指さすと、またすぐに電話に集中した。

九条がシャワーを借りている間に、茶を用意してくれていたらしい。

チョコレートの記憶に振り回される今の九条に、煎茶《せんちゃ》のざらりとした苦みはちょうどよかった。

社宅だ、と朝輝は言っていたが、単身者用のマンションは比較的新しいもので、脱衣所もある浴室といい、広いキッチンといい、若い男の一人暮らしにしては余裕のある内観だ。

一通りの家具と、大きめの冷蔵庫。朝輝の性格だろうか、綺麗《きれい》に掃除され、紙屑《かみくず》や脱ぎ捨てた靴下といったものがどこにも見あたらない部屋からは、ゆとりのある生活を送っている印象を受ける。

じっくりと視線を巡らせると、ふと写真立てに目が吸い寄せられた。

テレビ台に置かれた写真立ては、四つの枠が組み合わさったもので、それぞれ一枚ずつ写真を飾れるようになっているが、今のところ写真は一枚しか入っていない。

どこか歯抜けのような不自然さを覚えたが、その一枚きりの写真を眺めるうちに違和感はかき消えていった。

大人が二人、子供が二人収まったその写真には、今とさして印象の変わらぬ夕輝の、背負ったランドセルを誇らしげに見せつける姿がある。その隣に立っているのは、こちらはさすがに今とだいぶ違う、彫りの深い顔立ちに幼い丸みを感じさせる朝輝とおぼしき少年の詰襟《つめえり》姿。

背後には両親だろう中年の男女が立ち、四人そろって小学校の入学式を示すボードの隣で満面の笑顔を桜とともに咲かせている。

幸せそうな家族写真だ。

「沢内さん、そんなしょぼくれた声出しても俺は騙されませんよ。……そ、そんな脅しにも屈しませんよっ」

何を話しているのかはわからないが、沢内を責めるつもりが翻弄《ほんろう》されているらしい朝輝の電話は長引いていた。

あの写真の朝輝は中学生だろうか。今目の前の色男に成長するまでどんな人生を送ってきたかは知らないが、平気で人の生き方を断罪できるのだから、きっとうらやましいくらい平和な人生だったに違いない。

あれから、母のメールが返ってくる様子はない。無言のままの己の携帯電話を指先で叩きながら、九条は再び古い記憶に思いをはせた。

朝輝の家族写真に劣らぬ九条の幸せな家庭の記憶は、高校時代にふっつりと終わりを遂げた。

実家が転落したのは、九条が高校生の頃。

エスカレーター式の名門高校に通い、欲しいものはなんでも手に入り、生活と娯楽に必要なものがひとしきりそろった一人部屋で過ごす。そんな毎日は割れた窓ガラスに段ボールを張りつけたままの公立校へ転校し、新しい教材の代金さえ困り、狭く古いアパートで父母と三人、きゅうきゅうと暮らす生活に変わってしまった。

父の会社の倒産、親しかった取引先社長の失踪《しっそう》、押しつけられた親戚の債務。

不幸は突然やってきたかと思うと、連日仲間を呼んで九条の家族にまとわりついてきた。

贅沢な暮らしが懐かしくはあったが、父母が自殺でもするのでは、というほどの不安を覚えていた九条は、アルバイトをしながら家計を支えようと思い立った。

難しいことはよくわからない。けれども、金さえあれば昔の生活に少しでも戻れることは確かだ。

もっとも、高校生の九条が稼ぐ金では、借金取りの罵声《ばせい》を軽減する役には立たなかったが。

しかし、多感な時期の九条にとって何より胸に響いたのは、貧困でも債権者の取り立てでもない。

いつも父が援助してやっていた親戚からは嘲笑され、長年世話をしていた従業員には理不尽な訴えを起こされ、祖父母でさえ面倒ごとはごめんだとばかりに九条の家族と距離を置くようになったことだ。

必ず恩は返します。何かあれば力になる。ずっと友達だ。そう言ったあらゆる人が今までかけてくれた言葉は、結局一つとして実行されないまま。

誰も頼ることはできない。優しい顔をして、手を差し伸べると口にしながら、誰も彼も、結局は面倒ごとなど嫌なのだ。

だが、口だけはみんな器用で、平気で人に淡い期待を抱かせる。

その期待が、困苦の中にある人間にとってどれほどありがたく甘いものか、裏切る自覚のないまま偽善を働く人間にはきっとわからないのだろう。

向けられた背中に追いすがる勇気のないまま、九条はもう誰に期待を寄せるわけでも頼るわけでもなく、己の力で父母を助ける道しか選べなかった。

昔の裕福な生活とは言わないから、せめて、三人で笑顔で過ごせる日々を取り戻したかった。

「とにかく、沢内さん、まずは九条に謝りましょう。警察への通報はそれからです！」

朝輝の真剣かつとんちんかんな言葉に、九条は脳裏から父母の影を追い払い顔を上げた。

変な男だ。

ホストをふしだらな仕事と言うくせに、高いチョコレートを差し入れに持ってくる。朝輝に恥をかかせた九条を助けてくれる。

そして……さんざ欲に溺れたくせに、我に返るとこうして自宅のシャワーを貸してくれる。

「そうです。沢内さんのしたことは……ああ、はい。そうですね。明日の十時ですね。会議の資料はちゃんとそろってるので……ってまたはぐらかされた！　ちょっと沢内さん、ちゃんと聞いてください、沢内さん、沢内さ……あ、ちょっと！」

目の前で朝輝が、耳から携帯電話を離すとその液晶画面を睨みつけた。

どうやら一方的に通話を切られてしまったらしい。

九条に言わせてみれば、よくもこんな長時間朝輝の説教につきあっていたものだと感心するが。

「切られちゃった」

「お疲れさまです、朝輝さん。沢内さんとお知りあいだったんですね」

「沢内さんは俺の上司だよ。あんなだけど、すごく仕事のできる人だよ」

「……あんな、とは？」

「いきなり鞄から大人の玩具取り出したり、いきなりホストを人気のない商店街で縛りつけて脱がしたり」

「………」

「そうだ、沢内さんが、クリーニング代渡さなきゃならないから、また会おうって伝言に、九条は静かにうなずいた。

次の機会につなげてくる沢内の、自分の欲望にすなおなやり方は嫌いではない。

一方、朝輝は思案するように大きな瞳を泳がせ、何を言われても適当にあしらう準備が整っていた九条の前で、やおら居住まいを正した。

なんですか。そう問いかけるより早く、正座した朝輝が、床に両手をつき頭を下げていく。

ゆっくりと目の前で土下座姿が完成しそうなことに、九条は焦りを覚えて座卓に手をつき身を乗り出した。

「ち、ちょっとやめてくださいよ。なんなんですか、自分に非がないときは土下座しちゃいけないって家訓はどうしたんですか」

「よく知ってるな。その通り、つまり俺に非があるときは土下座してもし足りないってことだ」

この日のために土下座を何度も練習した。と言われても驚かない完璧な謝罪ポーズで、朝輝はなおも続ける。

「九条、申し訳ない。まさか自分があんなひどいことをできるなんて思いもしなかった。煮るなり焼くなり好きにしてくれ！」

「なんの、お話でしょうか……」

ぎこちなく聞き返すと、朝輝が頭を上げた。

西洋人形の面立ちの真ん中で、瞳が眩《まぶ》しいほど輝いている。

「なんのって、九条知らないのか？　合意がないもの同士のセックスはレイプなんだぞ」

ああ。と納得しかけて、九条はこめかみを押さえた。

「あれは、ほら、……私は別に嫌じゃありませんでしたから、レイプにはあたらないでしょう？」

「えっ！　あんな外で立ったまま縛られて、行きずりの男に性欲ぶつけられるのが嫌じゃなかったのか、九条？　どこまでふしだらなんだ……」

怯《おび》えるようなまなざしで見つめられ、九条はもう少しで目を逸らしてしまうところだった。

こうも今夜のことをありのままに羅列されては、自分がただの変態のようではないか。気の利いた反論が思いつかないのもまた気まずい。

「そういう朝輝さんは、どうしてあんな場所にいらしたんですか。まさか、夜な夜な発展場に出かけては、出会いを求める人々に場違いな説教をする趣味でもあるんじゃないでしょうね」

「さ、沢内さんと同じこと言うなよ。さすがの俺も、犯罪の温床に自分から飛び込んだりしないよ」

あの変態と同じ発想だったとは。と、ショックを受けて口を噤《つぐ》んだ九条に、朝輝は包み隠さず今日の出来事を教えてくれた。

朝輝は今夜、性懲りもなくまたミシェルに向かっていたらしい。

その道すがら、九条と連れ立って歩く沢内を見かけたのだという。

「まさか、沢内さんまでホストに引き入れるつもりかと思ったら気が気じゃなくて、追いかけただけなんだよ」

「冗談よしてください。あんな人を店に入れたら、片っ端からうちのホストが餌食になります……」

朝輝の勘違いに眩暈を覚えながらも、九条は彼がミシェルの営業が終わってから訪ねようとしていたことに気づいた。

少しは、先日の迷惑を顧みてくれたようだ。

「タイミングよく沢内さんに電話がかかってきましたが、近くであなたが嘘の電話を入れてくれたというわけですか」

「そう。部長が大変です、って言ったら何を置いても走っていく、部下の鑑《かがみ》なんだよあの人」

そういって、上司を走らせる朝輝はなかなか手ひどい部下である。

「九条、それで折り入って頼みがあるんだ」

「……なんでしょう」

「沢内さんのことは俺がなんとか説得する。だからみんなで一緒に自首しよう！」

もはや反論もできず、九条は自分の額に手をやった。

まだ床に手をついたまま、決然とした瞳を向けてくる朝輝を丸め込むよりも、一発ぶん殴って記憶喪失になってくれる可能性にかけたほうが手っ取り早い気になる。

「売春は売るほう、買うほう両方の罪だし、俺のレイプも犯罪だ。できれば、会社に退職願出す時間とかは欲しいんだけど、九条がどうしてもって言うなら、俺今から先に自首したっていい。本当に……まさか、いくら九条がエッチだったからってこんなひどいことしてしまうなんて……」

「誰がエッチですか、失礼な」

「エッチだったよ！　髪の毛一本にいたるまで全部わいせつ物陳列罪だったよ！　まさか、色仕掛けがあんなに恐ろしいものだったなんて……」

「失礼な……」

「とにかく、俺は罪を償わなきゃならないんだ。でも、九条のあんな男根だったらなんでもいい、みたいなふしだらな行為も止めさせたいんだよ。なあ九条、わかるだろ?」

説教なのか、卑猥な言葉責めなのかよくわからないことを言いながら、朝輝はようやく上体を起こし座卓を力強く叩いた。

朝輝の言葉のほうがよっぽどふしだらな気がしたが、九条は反論もできずに視線を泳がせる。何も、朝輝に乗せられて罪悪感を募らせ、自首しようかと思っているわけではない。

朝輝の頭をぶん殴るための鈍器を部屋の中から必死で探しているのだ。

しかし、綺麗に整えられた部屋には適当に転がされているものはなく、目についたのは台所で輝いている包丁くらい……慌てて九条はそれから目を逸らすと、座卓に乗ったままの朝輝の手に、自分の手を重ねた。

「意地悪なことおっしゃいますね。朝輝さんともあろう人が約束を反故《ほご》にするなんて」

「意地悪じゃなくて、これは九条のためを思って……って、約束って何の?」

「言ったでしょう、これで共犯者ですよ、と。ヤリ捨て厳禁って、紫麻家二十四箇条にはないんですか?」

「や、やや、ヤリ捨てっ?」

攻守一転、今度は朝輝がうろたえる番だった。

切々と、退職の覚悟まで見せた朝輝の誠意を、煙にまくようにして九条は朝輝の手を撫でる。

「そもそも、あなたがいくら潔癖でも、下半身があの有様じゃあ説得力に欠けるんじゃありませんか？　さっきの朝輝さん、何度してもしたりないみたいに熱くて固くて、猛り狂ってましたものね」

「た、たた、猛り狂ってなんかっ、なかっただろ、くじょ、九条、九条が……」

　手の中で、朝輝の骨太な手が震える。

　睦《むつ》みあってからまだ一時間しか経っていない朝輝の体は、容易にあの興奮を思い出しているのだろう。潤んだ瞳の奥には、貪欲《どんよく》な輝きが見え隠れしていた。

　その光に誘われるように、九条の体の中もかすかにざわつく。

「おや、可愛らしい顔をして。なんならもう一度しましょうか？　あなたが、紫麻家二十四箇条とやらを捨ててしまいたくなるほど、淫らで気持ちのいいサービスをしてさしあげますよ」

「や、やや、ややややっ、いやっ、そのっ」

　一人暮らしに似合いの小さな座卓は、少し身を乗り出すだけであっと言う間に朝輝に触れられる距離になる。

　もう片方の手を伸ばし、九条はそっと朝輝の顎をとらえた。

　ぽかんと、唇を開いた朝輝の口腔に、見本のような綺麗な歯並びが見える。そのまま九条がゆっくりと顔を近づけていくと、誘われるように朝輝の上半身も前のめりになっていく。

キスをするように顔を近づけると、朝輝の喉が音をたてた。

いつの間にか、九条の手の下にある朝輝の拳は緩み、震えも止まっている。

この、少し厚めの唇に触れれば、またあの香りがするだろうか。

からかうだけのつもりが、九条はそんな誘惑にかられた。

懐かしいチョコレートの香りなんて追い払ってしまいたいのに、そのくせ恋しい。そんな矛盾が自分の中にあることに気づく。

もう少しで唇が触れる、というそのとき、間近の朝輝の瞳がはっと見開かれる。そして、慌てて九条をふりほどき、胸を押し返してきた。

「わっ、わわわ、わかってない、九条ぜんぜんわかってない！　こういうこと、気軽に、しちゃダメだって……っ」

「おや残念」

本音半分、からかい半分に笑うと、九条は軽く尻餅《しりもち》をつく。

せっかく縮まった距離はあっと言う間に離れ、九条は己の行為に少しばかり呆れて髪をかき上げた。

自分のペースにもっていきたいのか、はたまた場の雰囲気に流されているだけなのかわからなくなるなんて、プロ失格だな、と自嘲がもれる。

だが、朝輝にそんな余裕は当然なく、金魚のように口をぱくつかせながら、ひたいに汗の粒を浮かべていた。

「つれないですね、いいじゃないですかキスの一つや二つ」

「やっぱりわかってないよ。そんなに自分を安売りするんじゃありません！」

朝輝は声を荒げるが、いつもの説教顔はすっかりなりをひそめていた。

「ほかには？」

「えっ？　ほか？」

「ほかにお説教はないんですか？」

九条の浮かべる笑みに、朝輝がむっと眉をひそめてうつむく。

口さえ開かねば、そんな渋面さえ憂いを帯びた格好良さがあるのだがもったいない……と、そんなことを思って眺めていると、朝輝は長い溜息を吐いた。

「と、とにかく、売春やめてくれたらそれでいいよ。沢内さんにも、明日もう一回言っておくから、自首の件はちゃんと考えておいてくれ」

「そんなことされたら、沢内さん意外と思い詰める性質ですから、会社の屋上からひょいっと飛び降りちゃうかもしれませんねえ」

「……えっ？」

「沢内さんにはお世話になりましたから、私も沢内さんに何かあったらきっと鬱とかになっちゃうんでしょうね……自首のために警察署に向かう途中、線路の踏切を見てついうっかり

……なんてことも」

「だ、駄目だー！　売春よりもっと駄目だそんなこと！」

「最期に考えることは、きっと朝輝さんが金も払わず盛りまくったあげくに、そのあと約束を守ってくれなかったことばかりなんでしょうね……」

「な、う、くっ……」

朝輝の中では今頃、罪を見逃すか命を見逃すかの天秤《てんびん》ががくがくと震えていることだろう。

その懊悩《おうのう》に決着をつけてやるべく、九条は笑みを浮かべて手を差し出した。

小指だけ立てた軽い握り拳は、誰もが知っている約束の合図だ。

じっと、その小指を見つめていた朝輝が、敗北宣言のようにして自身も小指を差し出してきた。

小さなお互いの爪が、かすかに触れあう。

「……交換条件だ。売春は今夜が最後、もう二度としない。約束できるか？」

往生際の悪い朝輝の最後通牒《つうちょう》に、九条は笑顔を引っ込めた。

正論だ。しかし、朝輝の言葉が、この副業を辞めるきっかけになる……というのがなんとも気に食わない。

そっけない仕草で、笑顔どころか小指まで引っ込めると、九条はこれみよがしにそっぽを向いた。

「あ、こら。拗ねることないだろ」

「拗ねてません。あなたの退職と自首をチャラにできる約束をしようってときに、なんでそんな偉そうなことを言われないといけないんですか」

「偉そうって……九条、今度うちの二十四箇条コピーしてあげようか？　お前の今後の人生のためになるぞ？」

「是非お願いします。燃やして捨てたらすっきりしそうなので」

「あのなあ……九条、とりあえず指切りしよう。な？　あ、そうだ、チョコレート食べるか？　コーヒーも入れるぞ」

すっかりご機嫌伺いの態勢になってしまった朝輝の口からこぼれたお菓子の名前に、九条は少しだけ反応してしまった。

懐かしい思い出が蘇《よみがえ》る忌々しい香り。けれども、ミシェルに朝輝がもってきてくれたチョコレートは実に美味しかった。

あれと、同じチョコレートだろうか……。

うっかりそんな期待に膨らむ胸をなだめ、九条は自分の前に回り込んできた朝輝に、さらにそっぽを向いてみせた。

こんな男に、何かしらの期待を抱いた事実が気に食わない。

「いりません」

「とろっとろの美味しいココアもあるぞ？」

「……いりません」

視界の端に、弱り果てた朝輝の情けない顔がちらりと見える。

「共犯者で、いいですね？」

「む……」

「仕方ありません。なんなら沢内さんと世をはかなんで心中という手も……」

「ああもうわかったよ！　わかったけど、今回だけだからな。次はどこから飛び降りようと心中しようと、二人で協力して俺を殺しにかかろうと引かないからな！」

嫌いな水商売の男の卑劣な脅しに屈した朝輝の悔しさはいかばかりか、と思うと説教ばかりされていた九条としては少し溜飲の下がった心地だ。

勝者の余裕から、少しは明るい話題も出してやろうかという気になった九条は、朝輝に向き直った。

「契約成立ですね。ところで、先日の差し入れはどうもありがとうございました。みんな喜んで、あっと言う間に食べてしまいましたよ」

はっとしたように、朝輝が顔を上げた。

目と目があう。そこには、迷子の子供のような顔をした朝輝がいた。

「ごめん」

「はい？」

朝輝のことだ、レイプの件のように、九条の想像の範疇《はんちゅう》にない謝罪理由に違いない。と、九条の声には警戒の色が滲み出る。

案の定、思いがけない言葉が九条の鼓膜を揺らした。

「俺こないだ九条の店で、ちょっと言い過ぎたから……九条にも、他のホストの人にも申し訳ないこと、言ったなと思って」

わずかに小指が立ったままの朝輝の拳が、座卓の上にある。

あの日のことを思い出しているのか、朝輝が視線を逸らした。

うまい返事のできない九条の口腔には、どこからともなくチョコレートの香りが蘇っていた。


「ねえ、ミシェルに置いてるチョコって、いまいちじゃない？」

平日夜九時のミシェル店内はほどよく賑わっている。

この時間帯は仕事帰りの客や遊びついでの大学生などが多く、足繁く通ってくれるユウナという客もその一人だ。

九条を指名してそろそろ一年。

いつも、安めのスパークリングワインを入れて、それがなくなれば水割りとチョコレートを頼む。

たまに定番のドンペリを注文することもあるが、そういうときはたいてい機嫌が悪い。

今日は機嫌のいい日だなと、ユウナのためにチョコレートの包みをほどいてやりながら、九条は気障ったらしい笑みを作った。

「いつも注文して下さるのに、お嫌いだったんですか？」

「最初は好きだったんだけど、いつも頼んでると飽きがきちゃうじゃない」

「おや、それだと私のことも飽きられてしまったように聞こえますね」

「ふふふ、とりあえず、九条にはまだ飽きてないみたい」

九条が手渡したキューブチョコレートを口に含むとユウナは笑った。

質素な化粧と、カーディガンにスカートという飾り気のない格好。夜遊びの匂いを感じさせない出《い》で立ちもあいまって、ユウナにはホスト遊びにのめり込んでいるような様子がない。

本当に呆気なく九条に飽きてこの街に来なくなる気がして、九条はリップサービスに本音を滲ませた。

「私からはユウナさんに会いにいけないのに、ユウナさんが来てくれなくなったら寂しいじゃありませんか」

「やだやめてよ。いつもは嫌味っぽいくせに、そんなこと言われたら変な気分になるじゃない」

「おや、新しい私を発見してもらえましたか？　これで私の賞味期限も延びそうですね」

もう、と言ってユウナは拗ねたようにそっぽを向く。ぶつぶつと口の中で「恥ずかしいことばかり言うんだから」などとつぶやいているが、そんないかにも遊び慣れていない反応が九条は嫌いではない。

彼女が顔を背けている隙に、九条はこっそりはす向《ひ》かいに座っていた夕輝に目配せをした。ヘルプにつけたものの、ユウナの話の何に気を惹かれたのか、珍しくぼんやり座ったままの夕輝が、慌てて二人分のグラスを引き寄せながら言った。

「あ、すみません。ユウナさん、次何飲まれますか？」

話の腰を折るような慌ただしい問いかけに九条はわずかに眉をひそめた。

しかし、ユウナは気にならなかったらしく、続けて水割りを注文する。

「そうねえ、せめて夕輝が初指名もらえるまでは通おうかしら」

「ユウナさん、それじゃあ一生ミシェルに通うって言ってるようなものですよ」

「あら、困ったわね。夕輝のせいで私、ホスト遊びから足を洗えないかも」

二人の言葉に、夕輝が青い顔をしてトングから氷を落とす。

あたふたしながら氷を拾い、その拍子にアイスバケツに腕をぶつける夕輝を見て、九条は結局また眉をひそめざるを得なかった。

今日の夕輝は落ち着きがない。

ユウナが口ごもったのを見て、九条はさりげなく夕輝の手からグラスもボトルもとりあげた。おしぼり。と一言だけ放つと、夕輝が相変わらず謝りながら、小声で駆けだしていく。

「すみませんユウナさん。この一杯は私からのお詫びです」

「いいのよ別に、それより、いじめちゃって悪かったかしら？」

「おや、私といるのに、夕輝のことが気になるんですか？　妬《や》けますね」

少し濃いめの水割りをユウナに手渡し、九条も自分のグラスを手にすると乾杯を誘う。

上品なガラスがぶつかる音が耳に心地いい。

「九条が嫉妬《しっと》って、なんだかイメージが湧かないわ。やっぱり、あなたでも恋人相手だと独占欲見せたりするの？」

思いがけない質問に、九条は苦笑を漏らした。

能天気で苦労知らずなホストに売り上げを簡単に抜かれた。なんて事態には嫉妬を覚えもするが、恋人などという存在は九条の人生には無縁だ。

何を好き好んで、また嫌な思いをするだろう密度の濃い人間関係を味わわねばならないのか。

しかし世の中は世知辛いもので、澄ました顔で数多《あまた》の女にボトルを入れさせておきながら「誰とも交際したことはありません」などと言えば、どうしてか顰蹙《ひんしゅく》を買う。

仕方なく、九条はいつも以上に相手を持ち上げることで話を逸らすことにした。

「少なくとも、あなたには独占欲をくすぐられますよ、ユウナさん」

「えっ！」

色気のない声を上げたユウナの瞳を覗きこむ。

「ユウナさんこそ、今日は、彼氏の愚痴はないんですか？」

「ま、まるで私が彼氏の愚痴を言いにホストクラブに来てるみたいじゃない」

「でも、ユウナさんは彼氏の話ばかりだから……正直、嫉妬をするのはそのときですね。もし今日は私との話だけしてくれるなら、嬉しいんですけど」

少し恥ずかしそうに視線を逸らすと、ユウナは深い溜息を吐いた。

その視線の先に、慌ただしく戻ってきた夕輝の、テーブルを拭《ふ》く姿がある。

「私やっぱり彼氏の愚痴しか思い浮かばないわ。来月になったら、あっと言う間に世間はクリスマスカラーになるなと思うと今から憂鬱」

今まで聞いた数多い愚痴の中から、九条は容易に去年の彼女のクリスマスの話を思い出した。

カットケーキを一人分、二人で分けた残業明けの夜は、キャリア思考でがつがつと働く二十代後半のカップルにはロマンチックとは程遠かった、と言ったユウナの溜息の温度まで覚えている。

「今年のクリスマスケーキは、せめてサンタのマジパンくらい飾れそうですか？」

「もう出張入れちゃった。副業も順調だし、頑張って一人寂しく稼ぐことにするわ。あっ……そういえば私、副業の愚痴も言ったし、家族の愚痴も言ったし……そんなのばっかりね」

嫌になるでしょ。と続けられ、九条は笑みを深めた。

ユウナの副業は、九条のようないかがわしいものではないが、あくせくと働き金を得ることに必死な姿勢には共感できる。

「不安も不満も、どこかで吐き出しておかないといつか壊れてしまいますよ。ユウナさんの貴重なクッション役になれるなんて、むしろ光栄です」

「ありがとう……。高いクッションね、盛大に使うわ」

照れたように答え、グラスを傾けたユウナに内心ほっとしながら、九条はテーブルの隅に視線をやった。

気づけば、夕輝がテーブルに布巾《ふきん》を置いたままじっとしている。

ぼんやりとした横顔を見せる姿はやはり彼らしくない。

また何かしでかしやしないか、と九条は冷や冷やしつつもユウナの眉間の皺を緩めようと言葉を重ねる。

「ユウナさんは、自分に厳しすぎるんじゃないですか？」

「そんなことないわ。自分でもバカなことしてる自覚があるのにやめられないから、苛々してるだけ。九条は、そういうのってない？」

気楽さを装ったユウナの言葉には、陰があった。その暗さにあてられたように、九条はつい深夜の路地裏を思い出してしまう。

着信。いつもの場所で待ちあわせ。万札と、チョコレートの味がしないキス……。

まさに、バカだと思いながらも止められない売春へのうしろめたさが顔に出ないよう、九条は笑みを取り繕う。

「ユウナさんのバカだなと思ってることって、もしかしてうちに遊びにくることじゃないでしょうね」

「やだ、わかる？」

ぱっと口元に手をあて、ユウナは笑いだした。

うしろめたいことを抱いたままの笑顔を、あともう少し屈託ないものに変えてやりたいが、今夜は難しそうだ。

酒の減りが早くなった彼女のために再びチョコレートの包みを開いてやりながら、ふと九条は朝輝を思い出した。

彼の持ってきてくれた芳醇《ほうじゅん》な香りのチョコレートなら、もう少しユウナの心を穏やかにしてやれるのではないか。

しかし、チョコレートの味を思い出すつもりが、九条の口腔に蘇ったのは朝輝の舌の感触だった。慌てて酒で口を潤し、九条は他の話題を探す。

表情も声音も取り繕うのはいつも通り簡単なことだったが、胸の中に吹き荒れる記憶のほうは厄介なものだった。

キスはとろけるように甘く、肉欲に染まる腰使いには聖人君子の面影もなかったが、そのくせ自分のしたことを過ちだと言って自首しようとしたりする。

変な男だ。

……あの自首するという言葉、本気だろうか。

ふとそんなことを考え、九条はすぐにその不安を振り払った。あの夜のことは事故だ。下半身裸で卑猥な行為にふけっていた九条が悪い。と、結論づけているに決まってる。

それと同じように、九条もその気もない男を煽った罪悪感だの、溺れるように感じた記憶などいつまでも抱いている必要はない。

そう、自分に言い聞かせれば言い聞かせるほど、鼻腔にはチョコレートの香りが蘇り、手元にあるキロ売りの安いチョコレートがひどく粗末なものに見えてくる。

そのチョコレートをユウナに手渡しながら、ふと視線を感じ顔を上げると、また夕輝があのぼんやりとした眼差しで、ユウナを見つめる姿があった。

深夜零時を過ぎ、ミシェルの表玄関には「クローズ」の札がかけられている。

店内の掃除に赴くもの、酒浸りの体をソファーで休ませるものと、ホストらがそれぞれの気だるい空気を発するミシェルの事務所には、今日も甘いチョコレートの香りがたちこめていた。
「なんで兄ちゃんが事務所にいるんだよ！」
「一時間くらい前に来てみたら、店長さんがいたから、お前の仕事終わるまで待たせてください
ってお願いしたんだ」
「店長ー！　てん……なんで一人でチョコレート一箱食べてるんですか、そういうの賄賂《わいろ》っ
ていうんですよ店長！」
「お兄さんの話聞いてあげなよ夕輝。かわいそうじゃん」
すっかり店長は朝輝のチョコレートに懐柔されたらしく、仕事を終えたホストらが見たも
のは、事務所のソファーで膝をそろえて営業時間が終わるのを待っている朝輝の姿だった。
夕輝がうろたえるのも無理もないが、いっそう夕輝を焦らせたのは、おそらく朝輝の態度
だろう。
新たな攻め方というべきか、朝輝は店でホストらに会うなり、頭を下げてきたのだ。
「先日は、頭に血が上ってみなさんのことまで悪しざまに罵って申し訳なかったです」
そんな、申し訳なさそうな言葉に、毒気を抜かれたホストらが一人、また一人と夕輝から
朝輝の味方になっていく。
ホストの操るような嘘ではなく、あれを本気でできるのだから恐ろしい。
と、つい先日の自首するか否か論争を思い出した九条は、紫麻家の兄弟喧嘩などに巻き込

まれたくなくて、領収書を整理する仕事に専念することにした。

虚構の世界を守るためには、常に高い水準のサービスと気配りが求められる。

それが、次の客や収入につながるのだと思えば、地道な作業も苦ではない。

もとよりマメな九条は、毎日来客のデータを見返し、記録し、誰がいつ、どんな話題で何を頼み何を好みいくら使ったかをチェックしている。

ときおりちらちらとこちらに視線を送る朝輝のことなど、気にしている暇はないのである。

その勤勉な姿の傍らで、兄弟喧嘩はヒートアップしていた。

「真面目だけが取り柄だった兄ちゃんが賄賂なんて卑怯《ひきょう》な手を使うなんて、見損なったよ！」

「夕輝、大航海時代じゃあるまいし、チョコレートが賄賂になるなら、兄ちゃんの会社今頃一部上場企業だぞ。あ、みなさんよかったら割れチョコどうぞ」

「あざっす！」

「やっぱり賄賂だー！」

……客はいないが、やはり外でやれといいたくなる騒がしさにこめかみを押さえながら、九条は今日の売り上げの確認を続ける。

自身の売り上げは、接客しながらも頭の片隅で計算しつづけているため齟齬《そご》はないが、後輩連中の金の流れもチェックしておいてやらないと、最近は少額でも飛ぶ客がいるので安心できない。

しかし、ぱらぱらとクレジットカードの利用履歴に目を通していると、後輩の心配など吹き飛ぶものを見つけて九条は手をとめた。

束になった、今日一日のクレジットカードの受領書の一枚。そのサイン欄にある丸文字。紫麻朝輝。

思わず、九条はくだらない言い争いを続ける紫麻兄弟に顔を向けた。

指名は九条。注文は安いスパークリングワインのボトルが一本、ウィスキーが二杯とチョコレート。二十二時半退店。

ユウナだ。

「ところで夕輝、お兄ちゃんと来週末一緒に出かけないか」

「ど、どこにだよ」

「ハローワーク」

「行かないよ！　絶対ホストやめたりしないってば！」

いいじゃないか一緒に行ってやれよ夕輝。とホスト仲間にはやし立てられながら、それでも必死で反論する夕輝の横顔に、今日のユウナに対する態度を思いだし、九条は眉をしかめた。

そのまま、視線をずらして朝輝を見やる。

関係ない。夕輝の今夜の様子も、朝輝自身の問題も……。

自分にはまったく関係のないこと。それどころか関わりあいになりたくないことだ。と、胸の中で何度も反芻《はんすう》しながら、しかし九条は微かに拳を握りこんでいた。

そうして紫麻兄弟を見つめるうちに、九条の視線に気づいたように朝輝がこちらを向いた。

視線が絡みあったとたん、何か説教したげに輝く大きな瞳。

つい、シャッター通りでの説教や朝輝の部屋での土下座が蘇り、九条の手の中でクレジットカードの受領書がくしゃりと折れた。


風俗営業関係の法律の改正により、接待サービスのある飲食店はこの時間になると、軒並み閉店の札がかかっているが、かといって喧噪も賑々しさも昔と変わりない。

それぞれのやり方で夜明けから営業までの時間をつぶすホストらに紛れて、九条も一緒にミシェルを出た頃には、すでに紫麻兄弟の姿はなかった。

兄ちゃんのバカ。という、ここは幼稚園か小学校かと錯覚する言葉とともに夕輝が逃げ出したため、朝輝がそれを追いかけていってしまったからだ。

残されたのは、賄賂代わりのチョコレートの香りだけ。

しかし、甘ったるい中に混じるカカオの香りは、珍しく九条を懐古の海に引きずり込むことはなかった。その代わり、帰路につく九条の脳裏には、今までのユウナの愚痴と今日の領収書がぐるぐると回っている。

どうりで、初めて朝輝の名前を聞いたとき何か引っかかったわけだ。

ユウナの、この一年で聞かせてくれた愚痴の数々が蘇る。

ワンカットケーキでお祝いをする彼氏。確か、以前聞いたデートコースも金のかからないものばかり。あの彼氏とやらは、朝輝のことだったのだろうか。

考えてもいたしかたのないことだ。

仮に九条の想像があたっていたとしても、ユウナに人の金を使うなと説教できるわけもないし、する気もない。朝輝に、あなたのカード、勝手に使われていますよ、と教えてやる義理も……たぶんない。

だいたい、他人に自分のクレジットカードを使わせているなんて、やはり金に困っていないお人よしのやることだ。心配するなんてバカバカしい。

そう割り切りたいのに、九条の釈然としない思いは片づかないまま、つい、やけに綺麗に整頓されていた朝輝の部屋を思い出し、あれはユウナが片づけていたのだろうか……などと考えてしまうのだった。

少し、気分を変えるために酒でも飲もうか。

そう思い、馴染みの店に向けて右折したそのときだった。耳に飛び込んできた喧噪に、九条は眉をしかめた。

「おまえなんかに用はねえんだよ、引っ込んでろ!」

夜空の星がすべて地上に落ちてきたかのように、たくさんのネオンが輝く細い通りのど真ん中で、いきりたつ二人の男と、さらにあと二人ほどの人影があった。

どうやら、首筋まで赤黒く染めるほど酔っぱらっているらしい二人の男が、一人の女性に絡んでいるように見えるのだが、注視する中思いがけない声が九条の耳に飛び込んでくる。

「彼女もあんたたちに用事なんてないよ。そっちこそ引っ込んだらどうなんだ」

「なんだとっ？　生意気いってんじゃねえぞこの野郎、格好つけやがって！」

九条は一度目をつむり、眉間を押さえた。

そして、ゆっくりとまた瞼を開き、人影を見つめる。

しかし現実は変わらなかった。騒ぎのど真ん中で、男二人から女性を庇《かば》っているのは、間違いなく朝輝だ。

猥雑なネオンサインに照らし出される姿は凜々《りり》しいが、その口からいつもの説教がたちの悪い酔漢に向けて飛び出すのかと思うとぞっとしない。

「お前はどいてろよ。おい、こんな奴の後ろに隠れてんじゃねえぞ、このアマ！」

「きゃっ」

「やめろよそんな汚い手で。あんた両親から爪はマメに切りなさいって教えられなかったのか？」

「爪の話とか今どうでもいいだろ！」

「それに、初対面の女性をいきなり深夜に飲みに誘うのも非常識だ！　まずは名刺を渡すとか、明日お茶でもどうですかとか、そういうところからはじめないと」

誰がみても、ただでさえ苛立っていた酔漢二人が激昂《げっこう》するのは秒読みだ。

すっかり怯えてしまった被害者の女性も、不安なまなざしで朝輝を見上げている。

近所の交番に一声かけにいくか、それとも加勢して、得意の話術で酔漢を煙《けむ》に巻こうか。

そんな九条の悩みは、しかし酔漢の一人が、唐突に鞄を地面に置いたことで吹き飛んだ。

手ぶらになった男が、足を一歩踏み出す。その拳がしっかりと握られているのを見て、九条は何も考えずに駆けだしてしまった。

「朝輝さんっ」

上げた声に、ほかの野次馬が振り返る。

気にとめず駆け寄る九条の目の前で、酔漢の一人が、その拳をしゃにむに朝輝の顔面へと突き出すのが見えた。

朝輝の背後で、女が青い顔をして目をつむる。

一発殴られる程度ならまだしも、相手は酔っぱらいだ。深夜という理性のタガがゆるみやすい時間と、歓楽街の堕落の香りに背中を押され、二人がかりで何をしでかすかわからない。

ひときわ大きな酔漢の声があたりに響いた。

「くたばれ、お節介野郎！」

九条が朝輝のもとに辿りつくまで、あとほんの五メートル。それよりも早く、男の大きな拳の影が朝輝の面貌を覆った。

「うおっ？」

しかし、うめき声をあげたのは朝輝ではなかった。威勢よく殴り掛かった酔漢が、朝輝によりかかるようにして背を反らしながらみっともない悲鳴をあげる。

「痛ぇええ！　うっわ、折れる折れる折れる！」

「折れないよ、この程度で……」

殴りかかったはずの酔漢が、その腕を朝輝に抱え込まれ体をよじって呻いていた。ただでさえ赤かった顔が、いっそう赤くなり、こめかみには汗の粒が浮いている。

酔漢の腕を巻きこむようにねじ上げた姿で、朝輝はかすり傷ひとつなく先ほどと同じ場所に立っている。

呆れた溜息を酔漢に吐いてみせる姿からも、男の一撃を受け止めたことが偶然ではないことを物語っていた。

「あんたねえ、女の子の前で人に殴りかかるのもダメなんだぞ。ダメダメ尽くしじゃないか、まったく仕方のない人たちだな」

「うっせーよ！　つうか痛ぇ、放せ、折れる！」

「こ、この野郎！」

もう一人の男も鞄をアスファルトに置いた。

やられたらやり返さないと気がすまない。そんな声が聞こえてきそうな血走った目をしている。

はっと我にかえった九条は、歩み寄ると朝輝の肩を摑んだ。

「おイタはいけませんね朝輝さん、放してさしあげてください」

「え？　わぁっ、く、九条？」

九条の言葉に応じた、というよりも、ただ驚いたせいでとっさに、といった様子で朝輝は酔漢の腕を放した。

たたらを踏むように距離をとった酔漢が、目尻に涙まで浮かべて、痛めた腕を撫でさすっている。

「ち、ちょっと九条、俺じゃないよ、向こうが女性にしつこく絡んでたから、だから俺……」

「わかってます、ちょっと黙っていてください」

その一言で朝輝を黙らせ、九条は財布を取り出すと、そのポケットに入れてあった黒い紙のカードを二枚、男たちに差し出した。

幸い、男の一人はそのカードを一目見て、風俗の招待券だと気づいたらしい。うろんな瞳で九条を見上げてくる。

「なんだてめえ、迷惑料払う礼儀わきまえてるのかと思ったら、ソープの割引券とか舐めてんのか」

「知人にもらったんですよ。ヴィクトリアのお試し入店券です」

血走っていた男の瞳が、その言葉に揺れた。そして、また九条の手元の紙切れを見つめる。

朝輝が、傍らで眉根をよせて、男と九条を交互に見つめていることには気づいていたが、そちらには構わず、九条はささやくように追い討ちをかけた。

「行ったことがないのなら、一度是非。ただ、遊ばれる際にはその社章、はずしておいたほうがよろしいかと思いますがね」

含みを持たせた言葉に、男は慌てて自分の背広の襟元を見た。

男たちの体からにじみ出る戦意のようなものは一瞬で霧消し、酔いの覚めた顔で二人は見つめあうと、舌打ちを一つこぼして九条の手からカードをひったくる。

「おい、そいつに調子のんなって言っとけよ」

負け犬よろしくそう言うと、二人の酔漢は鞄を手に逃げるように野次馬をかきわけて去っていってしまった。

なんだつまんねえ。と、野次馬の誰かがつぶやくと同時に、一人、また一人と何事もなかったように散っていく。

ようやくいつもの顔を取り戻した街路で、九条は溜息を一つ漏らすと朝輝を振り返った。

「何してるんですか、朝輝さん」

「九条こそ」

怪訝《けげん》な顔がこちらを見ている。

その手がしっかりと女性の肩に置かれているのを見て、むっとしてしまった。

説教魔の頑固もののくせに、妙なところでちゃっかりしているではないか。

だが、はたと思い直す。この光景の何に、自分はむっとしているのか。急に恥ずかしくなって、九条はそっと自分の眉間の皺をほぐすように額を撫でたのだった。


「なあ九条、ヴィクトリアって何？」

思わぬ邂逅《かいこう》を果たした歓楽街の一角から目と鼻の先のビルに、朝輝が紹介したいというバーがあった。

昼間はカフェになっているらしい店は、ビルの二階にある玄関からして入りやすい雰囲気で、中もテーブル席が六つに五人掛けのカウンターと、開放的な雰囲気だった。

そのカウンター席の一つに腰を下ろすと、朝輝はさっそくそんな質問を投げかけてきた。

甘い香りの漂う店内を見回しながら、九条は正直に答える。

「近くにある会員制の風俗店ですよ。元モデルとか、元グラビアアイドルとか、何かと『元』

がつくスタッフが揃《そろ》っているお高い店です。あの紹介カードがないと店にも入れません」

「な、何そのただれた話……。さっきの人たち、そんなカードもらって嬉しそうにしてたってことか？」

「ええ、彼らがあの店を知っててくれて助かりましたよ。まあ、あそこのスタッフの言う『モデル』も『アイドル』も、オーディション一次試験受かっただけとか、そんなオチがついてるので、行ってみたら幻滅するかもしれませんが」

喋りながら、カウンターの端にあった灰皿をわざわざこちらに差し出してくれる朝輝の姿を、九条は少し意外な思いで見つめる。

唐変木で頑固な一面ばかり見てきたが、人並みに気は利くらしい。

殴りあいにならなかったお礼に。と飲みに誘ってくれたのはいいが、朝輝には一度自首まで覚悟した男の、九条と過ちを犯したという意識やぎこちなさは見当たらなかった。約束通り共犯者でいてくれているのか、それとも欲望に流された記憶を都合よくなかったことにしているのか……。

どうせ後者だろう。

と、人の善意を期待しないいつもの癖で九条は結論づけた。

「そんないかがわしい店のカードを、なんで持ってるんだよ。それも二枚も」

「その店の子がうちの常連さんで、毎回くれるんですよ。朝輝さんも欲しいんですか？」

「いらないよ……。あ！　やっぱり頂戴。よければ全部！　シュレッダーにかけて捨てたらいかがわしい遊びをする人をその枚数だけ減らせるかもしれないし」

とてもいいことを思いついた。と言いたげに瞳を輝かせる朝輝に、九条は微笑み返した。

「いい社会貢献になるかもしれませんね。では、カード一枚一万円からお願いします」

「く、九条、金にがめつい男は嫌われるぞ？」

「モテモテなので、少しくらい嫌われたほうがちょうどいいかもしれません」

呆れ返ったようにあんぐりと口を開いた朝輝は、もう返す言葉もないらしい。その顎に手を伸ばし、口を閉じてやっていると、おずおずとカウンターの向こうから店員が黒いファイルを二人の間に差し出してきた。

その店員の「新しくしておいたので、チェックお願いします」という言葉に九条は首をかしげる。

「チェック？」

「うん、メニュー変えたから。この店、俺の勤務先の出してる店なんだ。普通のお酒もちゃんと置いてるから、なんでも好きなの頼んでよ」

普通のお酒。と釘をさした意味は、メニューを開けばすぐにわかった。

黒い布張りのメニューは、一ページ目から甘い文字の羅列に溢《あふ》れていたのだ。

カカオリキュールを使うカクテルの名前がズラリとならび、この店オリジナルと称してほかのメニューも何かと「ショコラ」だの「チョコレート」だのの名前や解説が目立つ。

後半のページに記されたフードメニューは、一ページまるまる使ってチョコレートの種類が書かれ、一粒から注文できるようになっていた。

「メニューのチェックということは、今夜はもともとこちらにくる用事があったんですか」

「いや、明日の昼に来ようかと思ってたんだ。夜遊びは不良の始まりだからな！」

「仕事なら夜遊びとは言わないのでは……」

「でも、今日も夕輝に逃げられちゃったから、ちょっと顔出そうかと思ってさ」

苦笑を浮かべて肩をすくめると、朝輝はカウンターの向こうに声を放った。

「水割り一つ。九条はどうする？」

同じものを、と言うと、まもなく、二人の前にウィスキーのグラスが置かれた。

チャージ代わりのつまみは、ココアをまぶしたアーモンドが五粒。その一つを摘むと、朝輝のほうから口を開いた。

「ホストって源氏名使うイメージだったんだけど、夕輝はなんで本名で仕事してるんだ？」

「本人の希望です。源氏名が何かよくわからないからいらないと言って。かくいう私も本名ですし、けっこう本名のスタッフは多いですよ」

「何かよくわからないって……夕輝、面接の時点でよく落ちなかったな」

「ええ、うちの店長、あの日疲れてたんでしょうねえ」

「なあ九条、夕輝の居場所知らないか？　今住んでる場所も教えてくれないんだよ」

「うちの店の寮に住んでますよ。そしてホストにも一応守秘義務があるんです。店員の寮の場所なんてその最たるものですね」

「ほんとに？　どっかに閉じこめて、強制労働とかやらせてたりしないだろうな？」

素っ頓狂な発想に、九条は水割りを一口舐めてから、落ち着いて答えた。

「うちの店で働けば、実態がわかりますよ。ホストに転職しますか？」

「俺じゃ、お客さんにまでお説教しちゃって、疎まれるのがオチじゃないかな」

「おや、意外と自分のことよくおわかりなんですね」

「……九条って、そんな意地悪でよくナンバーワンホストなんかになれるよな」

意地悪、という言葉にどこか可愛げを感じて九条は苦笑を浮かべた。

「な、なんだよその悪い顔は……」

しかし、その笑顔にバカにされたと感じたのか、朝輝はそっぽをむいてグラスを傾ける。

「いえ、私がナンバーワンだと知っててくれたのかと思いましてね。今月の私は売り上げ上位五人にも入れそうにありませんけれど」

「そりゃ、夕輝がうちのナンバーワンに失礼なこと言わないでよってメールしてきたから……。って、そんなに売り上げ前後するものなのか？　大丈夫か？」

大丈夫も何も、朝輝のミシェル乱入事件を収めるため、九条がかぶったボトルの代金が嵩《かさ》んでいるだけなのだが、売り上げにしろ、数を増やした副業にしろ、そんな内部事情が朝輝に知れてはまた何を言いだすかわからない。

お詫びに行くよ、などと言われてミシェルの営業時間中にまた邪魔にでも来られてはいい迷惑だ。

そんな可愛げのない言い訳で、ナンバーワン失墜の真相を包み隠すと、九条は不敵な笑みを浮かべて朝輝の心配を混ぜっ返した。

「いいんですよ、たまにはみそっかすになってやらないと、ほかの若いホストが一生上位売り上げを経験できないなんて可哀想ですからね」

「なんて意地の悪い……本当に、なんで九条がナンバーワンホストなんかになれるんだろう」

「人徳と才能ですよ」

「わかった、その口の巧《うま》さだな。一歩間違えれば詐欺師になっていたかもしれないことを思ったら、ホストくらい可愛げあるかもしれないな」

「あなたも、たいがい失礼な人ですね」

天然なのか、したたかなのか。

九条が呆れた心地で朝輝の横顔を見つめると、朝輝も視線をこちらに寄越してくる。何か言いたげなその瞳が、ちらりとカウンターに戻され、またすぐに九条に向けられた。

誘われるように九条もカウンターに視線をやると、レジに向かう店員の背中が見えた。と、同時に朝輝の小声が鼓膜を震わせる。

「今日、まさか売春に行く予定だったんじゃないだろうな」

はっとして、九条は朝輝に向きなおった。

他愛ない話をはずませる一方で、朝輝はずっと店員が席をはずすのを見計らっていたのだ。

「あんなことがあったのに、平気な顔して飲みに誘ってくるなと思えば、最初からまた説教しようと狙《ねら》ってましたね」

「あれからずっと、もう一度ちゃんと九条と話をしようと思ってたんだよ。人目のあるとこじゃ言える話じゃないし……九条と偶然会えてよかった」

「嘘つきですね。忘れるって約束したじゃありませんか」

「指切りはしなかっただろ」

「しましたよ。心の中で。針千本、お飲みになられますか？」

九条の心を揺さぶれないことに苛立ったように、朝輝はカウンターに水滴をこぼすグラスを、指先で叩きはじめる。

「あんな立派な店のナンバーワンホストって聞くと、すごく儲《もう》かってる気がするんだけど、どうして売春なんか？」

「肉欲と金儲けが両立できるなんて効率がいいじゃありませんか。好きなんです、ただれてることとって」

「……犯罪だよ」

その言葉が九条の中から引きずりだしてくるものは、初めて「売り」をした日の戸惑いや罪悪感や恐怖といったもので、もう随分昔の話になってしまったその記憶はただ苦々しいばかりだった。

その苦さを飲み下すように口にした水割りは、もうすっかり薄くなっている。

「素敵な写真でしたね」

唐突にそれだけ言うと、朝輝が首をかしげた。

「朝輝さんの部屋に飾ってた、家族写真ですよ。桜の花が似合ってました」

「……あ、あんな昔の写真」

一瞬、朝輝の声が震えた。

しかし、すぐにまたいつものうるさい説教がはじまる。

「九条にだって家族くらいいるだろう。息子があんなことしてるなんて、ご両親に申し訳ないじゃないか」

「そりゃそうです」

めずらしくあっさり非を認めると、朝輝の声が詰まった。

「何も、私も最初から売りで稼いでたわけじゃありません。港湾労働も倉庫勤務も経験しましたし、いくつも仕事を掛け持ちして、地道に稼ごうと頑張ってましたよ」

「なんで、そんなに金がいるんだ。借金か？　ブランド物買いすぎたとか、パチンコにはまったとか」

「ええ。父の事業が失敗しましてね」

その一言に、朝輝がはっとしたように口を閉じた。

悪いことを言ったと思ったのだろう。

その表情に、朝輝の気遣いを感じて、九条は甘いチョコレートの香りに誘われるように昔話を続けた。

問わず語りに、幼い頃の贅沢な暮らしと、高校生になってから一転、没落していった思い出を口にするうちに、二人の手の中で水割りの氷が溶けていく。

「ダメなときは何をしてもダメですね。だいたい、誰も彼も信用できないなんて思っていると職場でもうまくいかないもので、首になったり、仕事に出たら職場自体なくなってたり、そういうことが重なって、でも金はすぐにでも欲しいし、でヤケになってたんですよ」

「……何をしても、悪い方向に転がる感じ？」

きっと、どんな事情を語っても朝輝は頑《かたく》なに「それでも罪に手を染めるのは甘えだ」とかなんとか言うだろうと思っていたのに、返ってきたのは思いがけず戸惑うような声音だった。

「ほら、あるだろ？　ちゃんと対策とっても藪蛇《やぶへび》になったり、誰かに助けを求めたら失敗したり、一人で頑張ったら泥沼になったり」

「よくわかりますね」

すなおにうなずくと、朝輝の瞳が寂しそうに揺れた。

どうしてかその瞳で見つめ返されるのが嫌ではなくて、九条は朝輝の返事に耳を澄ませた。

「九条は、なんでもうまくこなしてそうな雰囲気だけど、誰にでもあるんだなそういう時期って。もっと、女の子から巻き上げた金で遊び暮らしてるようなイメージだったから意外だよ。その借金……法律相談とかは行ったのか？」

「行きましたよ。少しはマシにもなりましたが、実際ちまちま返していたらあと何年かかったか」

「え？」

「一昨年、借金はどこもかしこも全部返し終えたんですよ」

「本当か？　よかったじゃないか！」

我がことのように笑顔を咲かせた朝輝から目が離せなくて、九条は頬杖《ほおづえ》をついて朝輝を見つめた。

返済の四割近くが九条の金だった。借金を返し終えた父母の言葉を思い出す。

苦労かけてすまない。本当に今まで悪かった。

ありがとう、だとか、よかった、だとかそういった真っ先に聞きたかった言葉は一度も聞くことができなかった。それどころか、父も母も一度も笑顔を浮かべることなく、一人息子の九条にも負担を強いた罪悪感に苦悩の表情を浮かべていたのだ。

つい、両親の目尻に浮かんだ涙の粒に目を逸らしてしまった九条は、そのまま仕事に戻り、以来彼らと直接会ってはいない。

そんな憂鬱な記憶は、未だに九条の脳裏に色濃く染みついているのに、その闇さえ払いのけてしまいそうなほど朝輝の笑顔の明るさに、爽快感さえ覚えた。

はじめて店に来たときは怖い顔をしていたが、この笑顔のほうがずっと似合っている。ついそんなことを思った九条に、朝輝は「じゃあなおさら売春する必要なくなったじゃないか」と嬉しげに言った。

「そうなんですよね。でも、常連客は私の事情とか知ってるわけじゃないから、今でも電話くれるんですよ」

あっけらかんと言い放つ九条の穏やかな微笑みに、朝輝の笑顔がぴたりと固まる。

「売り用の着信メロディを聞くと、ついつい頭の中にお札が躍ってしまって、ついていっちゃうんですよ」

「た、ただれてるっ」

呆れたり拗ねたり笑ったり。一人百面相をした朝輝は、今度はへそを曲げたようにむっつり眉をしかめてしまった。

「怖い顔をして、男前がだいなしですよ」

「九条が売春をやめてくれさえすれば、簡単に笑顔になるぞ、俺は」

「……っ、ははははは！」

たまらず漏れた笑い声に、驚いた朝輝の体がスツールの上で跳ねる。

思いのほか教育が行き届いているのか、声が聞こえているだろうに店員が振り返る気配はない。

「いけない人ですね朝輝さん。そんな言葉で私を口説いて、どうしようっていうんですか」

「く、口説いてなんかないぞ。俺は、こないだみたいな過ちは犯さないと決意を新たにしたところで……」

「こないだみたいな過ちって、何なさったんです？」

あの、はからずも肌を重ねた夜のことだと知りながら、九条は空とぼけて尋ねる。

とたんに真っ赤になった朝輝の唇が、もごもごと意味のない音を発した。

「何。何ってあれ。だから……」

わかりやすい男だ。

つい、肩を揺らして笑う九条の手の中で、酒が波打った。カウンターに浮かぶ波紋の影が美しい。

朝輝の口うるささや頑なさが、九条はいつのまにか煩わしくなくなっていた。

どうでもいい他人の昔話を、真剣に聞いてくれたせいだろうか。

思えば、もう長いことこんな風に誰かに情けない話をしたり「法律相談には行ったのか？」なんて心配をされたことはない。

少し、人との触れあいに飢えていたのだろう。

つい口が軽くなった理由をそう結論づけると、九条は久しぶりの大笑いに滲んだ涙を拭《ぬぐ》いながら朝輝を見やった。

そろそろ、九条の揶揄に対する朝輝の説教が始まるに違いない。しかし、そう身構えたときに限って、朝輝は眉をしかめるどころか、どこか優しい表情で奇妙なことを言い出した。

「九条、笑うとけっこう可愛いんだな」

その言葉に、九条は目を瞠った。

「いつも澄ました顔して、笑っても皮肉な感じだったからさ、そんな笑い方すると思ってなくて。誰かが笑ってくれるのっていいな」

咄嗟《とっさ》に返事ができずにいると、自分でも気障なことを言ったと思ったのか、朝輝が視線を泳がせる。

「えっと……あ、そうだ。それからどうなったんだ九条。借金返し終えて親御さんにも笑顔が戻ってきたのか？」

「……いいえ。私に謝ってばかりです。あんな顔を見たくなくて頑張ったのに、どこでボタンを掛け違えてしまったんでしょうね」

「俺も、長いこと家族の笑顔見てないよ。夕輝のことも、怒らせてばかりだし」

「朝輝さんが……？」

「正直、初めて会ったとき、九条のことすごいと思ったよ。俺があんなに店の空気悪くしたのに、ほんの数分後に戻ったら、もう九条の周りは笑顔で溢れててさ」

「おや、店の空気台無しにしたこと、一応わかってらっしゃったんですか」

「申し訳ない」

朝輝の視線が、手元のグラスに辿りつき、止まった。

じっと見つめるその先で、潤んだ氷の表面が揺らめいている。

その揺らめきにあわせて、お互いの空気も揺れているような心地がして、九条はゆっくりと瞬《まばた》きをした。

朝輝の横顔は、いつもの説教顔でも、間抜けな顔でも笑顔でもなく、ただ優しく誠実だ。

「あんなに人を楽しませることができるなら、九条のやってることは嘘ばかりじゃないと思うよ。ちゃんと、九条の仕事には、九条の誠意が満ちてるんじゃないかな。だからきっと、親御さんも九条がいればすぐに笑顔が戻ってくるよ」

何を馬鹿なことを。

いつもの調子でそんなセリフが頭に浮かび、しかし九条の唇は震えただけで、そんな悪態を紡ぎはしなかった。

店に漂う、チョコレートの優しい香りの中で、家族を愛し、友人と笑いあってなんの不安も抱かなかった昔の記憶が蘇る。

「朝輝さん……」

「あ、ごめん。なんか俺、また偉そうなこと言ったかな」

「いや。さっきの喧嘩、お怪我《けが》はありませんでしたか？」

今度は、朝輝がきょとんとする番だった。

まるで話をはぐらかしでもするような唐突な話題に、朝輝は笑顔を作ると拳を握って腕を軽く振って見せてくれた。

「大丈夫大丈夫、あのくらい。俺、こう見えてけっこう強いんだよ。高校時代、空手部の不良に教えてもらってさ」

「空手部だった、じゃなくて、そこの不良に教えてもらったんですか？」

「そう。俺子供の頃からこんな調子だから、学校の不良にもよくタバコの注意しにいったり、授業さぼるなって言ってつきまとったりしてしょっちゅう殴られてたんだよ。人を注意するなら、もうちょっと強くないとなあと思ってさ……」

「教えてもらった、というより、不良さんは体よく利用されたわけですか」

「いや……どこかで習うと高くつくから、つい……。でも、あの不良に毎日重箱の隅をつつくように説教に行ったおかげで、今夜の女の子を助けられる男に成長できたわけさ」

朝輝の部屋で見た学ラン姿の少年が、毎日青あざを作って、性懲りもなく不良に絡みにいってはうっとうしがられている姿は容易に想像がつく。

これでは朝輝と不良、どちらが悪いのかわからない。そう思うとなんだかおかしくて、漏れそうな笑い声を咳《せき》払いで隠した。また、笑顔が可愛いなんて言われては落ち着かない。

「じゃあ、今夜みたいに、しょっちゅう誰かを助けてるんですね」

「え？　うーん、そうだなあ。警察を呼んだほうがいいときはそうするし、今日みたいな日は自分でなんとかするかな。だって、困ってる人を放っておくなって、子供の頃から言われただろ？」

「……こないだの夜も、通報するだとか自首するだとか、あれも本気なんですね」

「そりゃ、そうだよ。冗談言っても始まらないし」

九条の質問の意図が摑めなかったのか、朝輝がうろたえたように眉根を寄せる。

しかし九条の心には、朝輝の返事、一言一句がチョコレートの香りとともに染みわたっていた。

口先だけのお節介男。

そう思っていたが、朝輝ならきっと本当に何かあれば相手を助けるのだろう。

自分に非があったと思えば、自首までやらかそうとする男だ。

約束を破るなんて発想もなく、困った相手には迷わず手を差し伸べる。

となると、さっきの朝輝の「九条のことすごいと思った」という言葉も、嘘でもおべんちゃらでもなかったということになる。

いけすかないと思っていた朝輝の中に、とうの昔に九条が信じることをやめた人間の優しさやまごころが詰まっている気がして、九条はぽっと胸の奥深くで灯《あか》りがともるのを感じた。

誰も彼も信用できない、口先ばかりだ。

そう、遠ざかる親しかった人たちの背中を前に、期待することに疲れて消してしまった心の灯が、温かな光となって再燃する。

苦い昔の記憶が、甘い香りに包まれたような心地になって、九条は朝輝にそっと手をのばした。

何？　と言いたげに首をかしげた朝輝の襟に、そっと指先を差し込むと、その瞳が大きく見開かれた。

気にせず、九条は朝輝のシャツの襟を、一撫でして背広の中にしまうと再び手を離す。

「襟が出てましたよ。さっき、男を締めあげたときにでも乱れたんでしょう」

「あ……りがとう」

白いその襟と、飲み終えた水割りの香りに、九条はふと懐かしいことを思いだし唇を開いた。

「朝輝さんすみません」

「え？」

じっと、九条の指先から目を離せないでいたらしい朝輝が、弾かれたように顔をあげる。

初めて会ったときとは違う、その険のない顔を見つめていると、九条の口から自然と言葉がこぼれた。

「あなたにお酒を浴びせかけたことを、まだ謝っていなかったなと思って」

「えっ？　あ、ああ。うん……」

「クリーニング代、おいくらでした？」

「大丈夫大丈夫！　俺、九条たちが着てるみたいなブランド物のスーツじゃなくて、自宅で洗えるスーツってやつだから」

慌てたように、顔の前で手を振りながら朝輝は頬を赤らめた。

改めて謝られたことがよほど意外だったらしい。

「ず、ずるいなあ、不意打ちなんて。ついつい許しちゃうじゃないか」

「おや、では後日改めて、菓子折りを持っていきましょうか？」

「えっ？」

「シャワーお借りしたお礼も兼ねて、豪華にお包みしますよ。さっきのいかがわしいお店の招待券を束で、なんていかがです」

「やっ、やめてよ社宅だって言っただろ。来てくれるのはいいけど、そんな怖いカード持ってきちゃダメ！　うちに来るときは持ち物チェックしないといけないかな……」

心底困ったように反駁するくせに、家に行くのはかまわない、と言っていることに朝輝は気づいているのだろうか。

頑迷で口うるさいわりに、お人好しだ。

「あっ！　……沢内さんが来るときも持ち物チェックしないと」

「朝輝さんの家に来ることがあるんですか？」

「なんでか知らないけど、みんなで宴会したら俺の部屋かとなりの同僚の部屋で三次会か四次会だよ……」

「ははは。大変そうですねえ」

「まあ、みんな洗い物とかゴミ捨てはしてくれるからいいんだけど。……でも、沢内さんみたいに大人の玩具常備してる人がいたなんてショックすぎるから、今度から気をつけるよ」

あの夜のことを思い出しているのだろう。

さも深刻な悩みのように沢内の対策を口走りながら、朝輝はふいに言葉を詰まらせた。

わけもなく、咳払いをすると九条から目を逸らす。

沢内と、大人の玩具。それが、朝輝の中のどんな記憶を引き出したのか、深く考えたくなくて九条も一緒になって目を逸らした。

二人の空気を沈黙が覆ったことに気づいたのか、今まで邪魔にならない場所で黙っていたカウンタースタッフが、ふいに声をかけてきた。

「お二人とも、もう一杯飲まれますか？」

我に返ったように、朝輝が応じた。

「ああ、頼む。そうだ九条、せっかくこの店に来たんだから、チョコレート食べていかないか」

朝輝の部屋でも似たようなことを言われたな。

思い出しながら、九条はすなおにうなずいた。

胃の腑《ふ》にまで、この甘い香りを満たして帰るのも悪くない。

「やった。実は海外から仕入れた面白いチョコレートがあるんだよ。是非試して欲しくてさ。ブランデーにあうよ、きっと」

「では、朝輝さんにそそのかされて、ブランデーをいただくことにしましょう」

「また、そういう可愛くない言い方を……」

九条の一言に、一瞬にして拗ねた顔になった朝輝の注文を聞くまでもなく、スタッフが酒とチョコレートの準備を始める。

レジ脇のガラスケースの蓋《ふた》が開き、中のさまざまなチョコレートが見えると、期待に胸が膨らんだ。

チョコレートを一かけと、ブランデー。

芳醇な香りにつつまれ、九条は朝輝との夜をゆっくりと味わったのだった。

コンビニの、肉まん売場のレパートリーが増えたのを見て、寒さが増してきたのを実感する。

歓楽街の馴染みのコンビニは、朝の喧噪も終わりサンドイッチコーナーも肉まん売場も歯ぬけだらけだったが、そんな中、保温器にぽつんと売れ残っているチョコレートまんに、九条は気づいてしまった。

すっかり朝輝に洗脳されているのか、最近季節限定と称したチョコレート商戦につい視線を吸い寄せられている。

買おうか買うまいか、真剣なその悩みに終止符を打ってくれたのは、突然背後から九条の肩を叩いた男の存在だった。

「お疲れ九条！　何、クリーニング待ち？」

「おや、お疲れさまですねエイリ。あなたもクリーニングですか」

黒髪と堅苦しいコーディネートでまとめる九条とはうってかわって、派手で軟派なファッションをうまく着こなす男は、同じミシェルのホスト、エイリだった。

常に九条と売り上げ一位の座を争いあう相手でもあるが、九条の希薄なライバル心と、エイリの人の良さがうまくかみあっているのか、仲は悪くない。

エイリの言葉にあわせて、九条はコンビニの窓から通りを見た。

向かいの角に小さなクリーニング屋があり、九条もエイリもその店の常連だ。刺繍や高いボタンの多い衣類が商売道具のホストにとって、クリーニング屋は足繁く通う店の一つだ。昨日出したクリーニングがもうじき届くのを見計らい、コンビニで時間をつぶしていたところだった。

決して、チョコレートまんを買うためではない。

ようやく誘惑を振り払うことができた九条は、タバコと軽食を買って店をでた。クリーニングの配送車が来るのを、コンビニの店先で待ちながら、二人してタバコに火をつける。

「なあ九条。最近、週三で来るな、夕輝の兄さん」

「マメですよねえ。まあ、仕事の邪魔はしないでいてくれるので、もう夕輝が陥落するまで居座ってくれてもいいんじゃないかと思えてきました」

「俺もかまわないんだけど、あんなしょっちゅうたくさんチョコレート持ってきてくれて、財布大丈夫かなと思ってさ」

つい、九条は笑って鼻から煙を漏らした。

「いいじゃないですか、エイリ、チョコレート好きでしょう？　こないだこっそり、ナツキの分も食べてるの、ちゃんと見てたんですよ」

「九条こそ……。あれ、九条ってチョコレート好きだったっけ？」

むしろ、イカの薫製ばかり噛んでなかったか。と問われ、九条は視線を逸らした。

今まで、昔の記憶から逃れるように避けていた高級チョコレートの香りは、今や九条にとって穏やかな時間をくれるアイテムとなっていた。

自分が、朝輝にほだされているかもしれないことを認めたくなくて、九条はチョコレートの話題を振り払う。

「イカくん噛んでると、客からキスをねだられても断りやすくていいですよ。臭いますから」

「その手があったか！」

大発見だとでも言うように、エイリが目を瞠る。

「でも気をつけろよ九条。ポッキーゲームみたいに両側から食べましょうとか言われたら、イカくん好きの客にぶちゅっとやられるから」

「やられたんですか」

「同伴がてら食事に行ったら、鍋に入ってたしらたきでやられたよ」

笑った拍子に、タバコの煙が揺れた。

「しらたき味のキスですか。淡泊でいいじゃないですか」

「レモン味以外のキスは、俺はお断りなんだよ」

九条はタバコを吸いつけるふりをして、そっと自分の唇を押さえた。

チョコレート味……。

初めてのキスは覚えている。

根が真面目な質だった九条は、高校時代もとくに恋人などおらず、貧乏になってからの転校先は、共学とは名ばかりの男まみれの荒れた学校だったため、なおさらだった。

卒業後すぐに社会にでても、金を稼ぐことに必死だった日々。

そして、紹介された初めての売春で重ねた唇が初めてのキスだった。

味もそっけもない。

あるのは緊張と、これから起こることへの恐怖と、他人の粘膜への嫌悪感だけだった。

以来、キスというものはずっとそんなもので、だから朝輝のキスの甘さは今でも印象深く記憶に残っている。

「なあ九条、夕輝の兄さん、お菓子会社に勤めてるんだって?」

「ええ、それがどうかしましたか？　割れチョコの融通なら、本人に頼んでくださいよ」

「いや、もうじき店長がうるさくなる時期だろ。来年のバレンタイン」

「あ……」

キスの思い出に捕らわれかけていた九条の意識は、バレンタインという言葉にすぐに現実に引き戻された。

まだ冬になったばかりだが、クリスマスだ年越しだ新年だ、これから連日イベントの準備や企画でおおわらわになる。マメにイベントを大事に演出することもミシェルの人気の一つだが、おかげで現場のスタッフは毎年この時期は息をつく暇もなくなってしまう。

溜息とともに白い煙を吐き出しながら九条は思案を巡らせた。

「朝輝さんの会社、チョコレートの販売店とかもいくつか出してるみたいですよ。うちの近所に、チョコレート専門のショコラバーも出してます」

「へえ。面白そうだなあ。何かアドバイスとかもらえないかな……チョコ賄賂我慢するから」

「朝輝さんが、ホストクラブ相手に仕事というのも想像つきませんけどね」

「確かに」

エイリが肩を揺らして笑ったその目と鼻の先の道路で、信号の色が変わった。

と、同時に曲がり角から顔を見せたワゴン車に、九条もエイリも同時にタバコを灰皿に押しつける。クリーニング屋のワゴン車だ。

「さてと、クリーニング受け取って、寝て、今夜も頑張りますか」

「せいぜい、ナンバーワン奪還頑張ってください」

「九条こそ」

笑いながら、ふと何か思い出したようにエイリが首をかしげた。

「なあ九条、最近いいことあった？」

「なんですか突然」

「いや……客と一緒にいるときの九条、妙に楽しそうだから」

つい、眉をひそめてしまった九条に、同僚は慌てた様子で手を振った。

「変な意味じゃないぞ。今までもお前の席、雰囲気良かったけど、なんか最近居心地も良さそうだなと思っただけで」

「……気のせいでしょう。あなたの目が悪くなったんですよ」

「視力の問題?」

そうです。ときっぱり答え、九条は先にクリーニング屋へと足を踏み出す。

その背中を追うエイリの足音を聞きながら、九条は朝輝のことを思い出していた。

気に食わない説教も、女の子を助けていた姿も、チョコレート味のキスも。そして九条の仕事を褒めてくれたあの横顔も……朝輝の、ありとあらゆることを思い出し、そしてどうしてか緩みそうになる頰を指先で押さえつけるのだった。


「ゆーうーきーくーん、仕事お疲れさま。お兄ちゃんと一緒にご飯食べに行こうか♪」

「やだよ! どうしたんだよ兄ちゃん、思わず一一〇番しそうなくらい気持ち悪いよ!」

情けも容赦もない弟の暴言に、朝輝の満面の作り笑いが引きつるのを見て、九条は溜息を吐くと視線を手元に戻した。

今夜も夜の終業を朝輝が待っていた。

どんな心境の変化か、頭ごなしに転職しろと言う作戦から、食べ物で釣る作戦に出たようだが、夕輝の反応はにべもない。

今日も今日とて、差し入れのチョコチップクッキーをかじるホストらが、密《ひそ》かに朝輝を応援している空気を肌に感じつつ、九条はなるべく紫麻兄弟を見ないようにしていた。

あの、ショコラバーで一緒に飲んだ夜以来、朝輝の九条への態度はぐっと親密さを増している。ミシェルに来れば名指しで愛想よく挨拶してくれるし、目と目があえば笑いかけてくれるのだが、その急速に縮まった距離に九条は及び腰になっていた。

客とは嘘の世界を楽しみ、同僚とはつかず離れずの距離を保ってきた。

あとは、副業をときおりこなしながら独りで過ごす。

そんな毎日を過ごしてきた九条にとって、朝輝の近さは眩しすぎる。

「もう、兄ちゃんしつこいんだってば。店長もいい加減、部外者が来るのは迷惑だって言ってやってくださいよ！」

「俺はバレンタインパーティーにこのチョコチップクッキー仕入れようか悩んでるところだから、話しかけないでくれ夕輝」

「お、俺とチョコチップクッキーどっちが大事なんですか」

「馬鹿野郎、お前らスタッフに決まってるだろう！　だけど話しかけるな」

「そんな……」

酒浸りの男たちが寄ってたかれば、女とはまた違ったかしましさがあるのはいつものことだが、朝輝が来るとひときわ事務所は騒がしくなる。

チョコレートのせいだろうか、事務所に居座る同僚も増えてきた。

この空気の中では、日課の業務記録をつける作業も落ち着いてできない。

それでも一人ずつ客とのやりとりを思い出していると、ふと背後に人の気配を感じて九条は顔を上げた。

自分の仕事のノウハウを見られるのは気分のいいものではない。

同業者ならその気持ちはわかるだろうに、どのバカだ。と睨み顔だったせいか、背後にいた男が「わっ」と驚いた声を上げる。

「朝輝さん……」

背後にいたのは朝輝だった。

夕輝の相手はどうしたのだ、と思い夕輝を探すと、今度はマネージャーに泣きついている。

呑気《のんき》なものだ。

「ご、ごめん。覗いてたわけじゃないんだけど、ホストでも事務作業あるんだって思ってつい」

「事務作業、というのとは違いますが……顧客データみたいなもんですね。つけなくても覚えてられるホストもいますが、私は一応毎日、失敗したことやお客様の会話を記録しています」

「へえ、すごいな。やっぱり、今まで来てくれた客をみんな覚えていたりするのか？」

「どうでしょう。そういう記憶力なら、あそこにいるエイリというのと……ああ、そこの、クッキーほおばってる奴も相当覚えてますよ。特技は人それぞれですね」

答えながら、九条はおかしくなってきた。

あの朝輝が、ホストの仕事内容を興味深そうに聞いている。

九条の書き込んでいる記録の中身には、下世話な話題や一晩で使うには大きすぎる金額も書かれているから、きっと読めば目くじらを立てるだろうに、すっかり自分たちに気を許しているのか、九条の説明を聞く分にはただただ感心している様子だ。

「夕輝も、そういうのつけてるのかな」

「さあどうでしょう。ただ、彼は私のヘルプについてくれてますから、私のノートに夕輝のすべての失敗が記録されてますよ」

「せ、成功は？」

「ははは、朝輝さん、いったい何をおっしゃっていらっしゃるのか私にはさっぱり」

嫌味たらしく笑ってやると、朝輝は肩を落とした。

どうやら、朝輝の想像の中にも、華やかに活躍する弟の姿は存在しないらしい。

一つ、今夜の夕輝の失敗記録でも見せてやろうかと九条はノートをめくりかけた。しかし、すぐに自分の浅慮に気づく。

めくろうとしたページの先には、ユウナの来店記録があったのだ。

慌てて九条はノートを閉じると、素っ気ない声で話題をはぐらかした。

「まあ、お客様との記録は私たちの生命線なので、これ以上聞かないでください。それより、いいんですか朝輝さん、夕輝を放っておいて」

「え？　うーん……今日は、ちょっと夕輝とは関係ないことが気になってさ。九条、店長さんってミシェルの責任者だよね。どのくらい決定権あるんだ？」

不思議に思って九条は朝輝の瞳を探った。

相変わらず大きな瞳は、どこか楽しげに輝いている。

「店長に、夕輝をクビにしてくれるよう直談判でもするんですか？」

「あ、その相談も是非したいね。もっとも……夕輝があれだけべったりじゃ、ちょっと話しかけにくくてさ」

朝輝が苦笑を浮かべて視線を流した先には、すでに五枚目になるチョコチップクッキーを齧《かじ》る店長と、その腕にすがり恨み節を続ける夕輝の姿がある。

朝輝と夕輝の顔を交互に見つめ、九条の脳裏に案が浮かんだ。

「それじゃあ、今夜は私が夕輝をお借りしますよ。店長と、夕輝のクビ願いでも、ホストになる面接でも好きにしてください」

「ほ、ホストなんかならないよ！」

やはり、まだ水商売には抵抗があるらしい抗議をしながらも、朝輝は九条の提案を断らなかった。

ちょうど九条も、事務所の騒がしさに辟易《へきえき》していたところだ。

業務記録のノートを手に立ち上がると、夕輝をそばに呼びつける。

なんですか。と言って無邪気に駆け寄った後輩を一睨みすると、九条は無言で閉店後のミシェル店内へと向かったのだった。


ミシェルの店内は、開店中よりも閉店直後のほうが明るい。

普段は落としている蛍光灯を点灯しているせいだ。

薄暗い間接照明の中ではシックに見えたグレーのインテリアも黒いタイル壁も、白けた灯《あか》りにくまなく照らし出されればメッキがはがれたように安っぽさが漂っている。

手近なテーブルにどっかりと腰を下ろすと、九条《くじょう》は夕輝《ゆうき》を立たせたまま口火を切った。

「夕輝、そろそろ限界です。いい加減、店に兄弟喧嘩を持ち込むのはやめてくれませんか」

いきなり呼びつけられて、今さらそんなことを言われるとは思っていなかったのだろう。

兄の来訪を疎んでいたにもかかわらず、夕輝は驚いた顔をして呑気《のんき》な反論をしてきた。

「えっ？　でも、今は営業中の店内には来ませんし……店長も、兄ちゃんのこと迷惑がってないみたいですけど」

「さっき、今日の仕事の記録をつけていました。あなたのヘルプの様子、なんて書くはめになったか自分でわかってますか」

「…………」

わずかに夕輝の表情が曇る。

本当は九条自身、ユウナのクレジットカードの名義に気づいたときから夕輝と話をしようと思っていた。

朝輝《あさき》とユウナの関係は九条には関係のないこと。しかし、それに夕輝が関わってくれば話は別だ。

まだ指名を取れず、九条のヘルプで糊口《ここう》をしのいでいる夕輝の失態は、直接九条の評価にも響いてくるのだから。

必要以上の交友関係を嫌う九条とはいえ、ユウナが来る日に限って夕輝の様子がおかしければ、話し合わないわけにはいかない。

「あなたもよく頑張っていますが、ユウナさんに関してだけは、彼女の眉間《みけん》の皺《しわ》を増やす役にしか立ってませんね……あなたたち兄弟と、ユウナさんはどういう関係なんです？」

「べ、別にどういう関係でもありません」

「夕輝。朝輝さんが乱入した夜、場を収めるために私はお客様方にボトルをプレゼントしました。人を赤字にしておきながら、しらを切るつもりですか?」

静かにねめつけると、夕輝はしょげたように肩を落としてしまった。

「なんで、ユウナさんと俺が関係あるって思ったんですか」

「あなたは真面目で、掃除もよくするし備品のチェックもするくせに、その日来られたお客様の金払いは把握してないんですか? ユウナさんのクレジットカードが彼女のものじゃないことくらい、とうの昔に気づいてますよ」

弾《はじ》かれたように夕輝が顔を上げる。

その面貌《めんぼう》に、初めて怒りの色を見てとり、九条は眉《まゆ》をしかめた。

いつも、ユウナが来るとぼうっとしていた夕輝。本当は気が抜けていたのではなく、このあからさまな怒気を隠そうとしていただけなのかもしれない。

「わかってるなら、ユウナさんを入店禁止とかできないんですか、九条さん?」

「あなたを入店禁止にするほうが早そうですね」

「っ……ユウナさんは兄ちゃんの彼女です。もう五年つきあってて……それなのに、あの人兄ちゃんのクレジットカードでホスト遊びしてるんですよ。兄ちゃんがクレジットカードの明細書を見ないのをいいことに」

「そんな大事なものを見ない朝輝さんもどうかしてるんですよ。あなたが気づけることなら朝輝さんも気づけるでしょう、放っておきなさい」

「兄ちゃんは、光熱費にしかカード使ってないから、明細書見なくても使用金額わかってるって言って、明細書の入った封筒を開けもせずに放ったらかしなんです。あれじゃあ、いつまでたってもユウナさんのやってることに気づけませんよ！」

「だからなんだというんです。そもそもあなた、ユウナさんの行為を知って、どうにか糺《ただ》したくてこの店にホストとして潜り込んだんじゃないでしょうね」

不純な動機を疑い、いよいよ九条の眉間の皺が増える。

ホストになりたい。そんな若者らの動機はたいてい欲望にすなおで、中にはろくでもないものもあるが、しかし九条には今、夕輝の動機が一番醜いものに思えた。

「ユウナさんのしていることは褒められたことではありませんが、私たちホストがどうこう言う立場じゃありません。彼女と、朝輝さんの問題でしょう」

「じ、じゃあ九条さんは、ユウナさんを許せっていうんですか」

「ホストでいる間は忘れていなさい。何がなんでもユウナさんに何か仕返しがしたいのなら、ホストは辞めるべきです」

自分の発した言葉に、九条は内心驚いていた。

この虚構の世界は誰とも深くかかわりたくない自分にはちょうどいいと、そう思うからこそ、その世界にふさわしい努力もしてきたつもりだ。

孤独な仕事ならほかにいくらでもある。それでもホストとしての自分を築き上げてきたのは、そこに笑顔があるからだった。

いつも申し訳なさそうにする父母を笑顔にする力はないが、この世界ならば偽りの言葉でも誰かを笑顔にできる。

笑顔に囲まれ、そんな客らが再び九条に会いたいと言って再訪してくれる。

もしかしたら、初めて客に笑ってもらえたときから、九条はうまくいかない家族関係から、仕事へ逃げていたのかもしれない。

それでも、朝輝はあの日、ショコラバーで褒めてくれた。

九条の仕事ぶりを、その周りに笑顔がたくさん咲いていることを。

今、ホストという仕事にさして情熱がないのかもしれない夕輝を前にして、九条は初めて自分の中に熱いものがあることに気づく。

ホストという仕事をしたいわけでも、客を楽しませたいわけでもないのなら辞めてしまえ。

そんな思いが本気でこみ上げてくる。

人と距離を置くあまり、自分の感情とも距離を置いていた九条にとって、それは未知の激情だ。

しかし、自分自身の感情にとまどう九条を前にして、夕輝も負けじと瞳に熱意を滾《たぎ》らせた。

「い、嫌です。ホストは辞めません」

「なぜ？」

「……九条さんみたいに、人を笑顔にできるようになりたいからです」

拳《こぶし》を握り、九条の足元を見つめながらそう言った夕輝の頬《ほお》が、少し赤い。

思いがけない言葉に九条は、ぽかんとして後輩を見上げた。

「兄ちゃん、ミシェルに来るようになって笑顔が増えました。九条さんと話してるときなんか特にそうだから、俺も兄ちゃんを笑顔にできるよう、少しでも九条さんの仕事盗みたいんです」

まさか後輩からそんな評価を得る日が来るとは想像もしていなかった九条は、己の激情も忘れてただ夕輝の言葉をなぞるように問い返した。

「朝輝さんを笑顔にって……ホスト辞めたほうが、喜ぶんじゃありませんか？」

「だって、兄ちゃんはホストの九条さん相手に笑ってますよ？」

「まあ、それはそうですけど。昔みたいにってことは、今の朝輝さんはあんまり笑わないほうなんですか？」

「はい。昔はもっとみんなよく笑ってました。あ、みんなって、父ちゃんと、母ちゃんと、ばあちゃんと俺と……五人家族なんです。去年、離婚しちゃいましたけど」

客を前にしたときも、よく話が脱線する。

いつもなら夕輝のそんな話題の広がりを聞かなかったことにする九条だが、ふと最後の言葉が気になり首をかしげた。

朝輝の部屋の家族写真を思い返すと、離婚という言葉はひどく残酷な響きを持っている。

「急な話だったんですか、離婚って」

「はい。それまではめちゃくちゃ仲のいい家族だから、兄ちゃんも俺もびっくりしました。うち、すごい貧乏だったんですよ。それこそ給料日前はごはんに醬油《しょうゆ》かけて食べる、みたいな……」

「食生活の注意事項は、紫麻《しま》家二十四箇条とやらに入ってなかったんですか」

「そうなんですよ。兄ちゃんが食生活も条令足そうって言ってたんですけど、その前に一家離散しちゃったので、もう家訓も意味はありません」

冗談を言い損ねたようにして情けない笑みを漏らすと、夕輝は続けた。

聞けば聞くほど不思議な心地になったのは、朝輝の家庭が九条とは正反対だったことだろう。

両親と兄弟、そして寝たきりの祖母《そぼ》の五人でボロアパートの六畳二間生活は、みんなが助けあう、仲のいい笑いの絶えない生活だったらしい。厳しい父母の言うことをよく聞く朝輝と夕輝は、近所でも評判の仲良し兄弟。

しかし、そんな生活は祖母の死とともに終わりを迎えた。

九十七歳の大往生。嫁である朝輝らの母の、献身的な介護を受け安らかに逝った祖母の残してくれたものは、今まで存在さえ知らなかった莫大《ばくだい》な遺産だった。

「金も土地も手に入って、おばあ様も安らかに亡くなられた。どうして朝輝さんが、偏屈になる必要があるんです」

「ばあちゃんも兄ちゃんも悪くありません。悪いのは周りの人です。みんな今まで優しかったくせに、俺んちが金持ちになったとたん、突然、母ちゃんがばあちゃん殺したんだって言いだしたり、嫌がらせしてきたり」

途方にくれたような夕輝の表情に、周囲に対する憎悪はない。

しかし九条は自分の中に、かつて覚えた憎悪が蘇《よみがえ》るような気がして胸を押さえた。

金を失ったとたん手の平を返すもの。

一方で、金を得たとたん手の平を返すものもいるのかと、不思議な心地だ。

「それは、朝輝さんもお辛かったでしょうね」

「はい。あんまり仲良くなかった人が、平気でお金せびってきたりするのも、兄ちゃん嫌だったみたいです。友達が、どこに出かけても財布もってこなくなったりね……」

「おやまあ……」

「結局、そうやって父ちゃんも母ちゃんもご近所からいろいろ言われて、俺たちじゃ手に負えないくらい険悪になっていきました」

決定打となったのは、祖母の遺書だったらしい。

みんなで助けあう貧乏暮らしが楽しかった。

そんな心温まる一文が、貧乏に耐え、どんなに辛いときも不安なときも、家族のために笑顔でやってきた両親の積み重なった我慢を爆発させたのだ。

祖母の葬儀からわずか四か月。

これからも今まで通り、仲良し家族でいられると信じて疑わなかった朝輝と夕輝にとっては、寝耳に水の離婚騒動だった。

離婚間際に、朝輝、夕輝兄弟の口座にぽんと両親が振り込んでくれた大金が、まるで手切れ金のようで寂しかった、と夕輝は切なげに笑う。

九条は朝輝の部屋の家族写真に思いをはせた。

わざわざ四つ枠になった写真立てに、一枚しか写真がなかったのは、今まであった写真を抜いたからではないか。

最近の家族写真だったのか、それとも恋人の写真だったのかはわからない。

ただ、朝輝には飾っていられる写真が、幼い頃の、ただ笑いあい幸せだった日々の写真だけになってしまったのだろう。

「朝輝さんは、一度に家族も信用していた人も失った上に、今は本人のあずかり知らないところで恋人にまで裏切られている、というわけですか」

「……はい。だから、最近怒りっぽくて、父ちゃん母ちゃんに会っても、よりを戻せとか、昔みたいにコツコツ頑張ろうとか、そんなことばっかり言うからみんな辟易《へきえき》してるんです。

でも、そんな兄ちゃんを笑顔にしたいから、俺、もうちょっと頑張って九条さんの下で働いてたいんです」

最後の健気《けなげ》なセリフは聞き流し、九条はぼんやりと朝輝との会話をいくつか思いだしていた。口うるさい奴だと思っていたが、しかし朝輝は自分の懊悩《おうのう》を見せることはなかった。

九条と同じように、失った家族の形や、人への不信感に苦痛を感じただろうに、平気で人に説教して改心を期待するその心は、世間知らずというよりもとても強固なものに思えてくる。

売春やめなよ。

言っても無駄だろうに、何度もそんな忠告ができる朝輝の強さがうらやましい。

「朝輝さんは、あなたに愚痴をこぼしたり、頼ったりはしないんですか」

「しませんよ、兄ちゃんぶるのが生きがいなんですから……って、九条さん、さっきから兄ちゃんの話ばかりですね」

「は?」

「あの……一応、俺の話のつもりなんですけど……」

「……はっ、何を馬鹿なことを。私が朝輝さんのことを知りたがるはずがないでしょう?」

「そ、そうですよね?」

自信満々な九条の返事に、わけがわからなくなったのか夕輝の顔に疑問符が浮く。

しかし、九条のほうがよほどわけがわからなかった。夕輝の語るままに、気になることを尋ねていただけだ。別に朝輝のことをわざわざ尋ねていたわけではない。

そのはずだが、意識すると、本当に朝輝のことばかり気になってしまいそうなのが落ち着かなくて、九条はそっけなく立ち上がると夕輝の頭をくしゃりと撫《な》でた。

「とにかく夕輝、ユウナさんに復讐《ふくしゅう》したいのならホストを辞めなさい。ホストを続けたいのなら、ユウナさんをお客様として扱いなさい」

「で、でも九条さんっ」

「夕輝、客を笑顔にできないやつはホストじゃない」

「っ……」

「ホストとして、客にどんな時間を過ごしてほしいのか、俺のマネじゃなくてちゃんと自分で考えろ」

それだけ言うと、九条は夕輝を残して事務所に戻った。

店から事務所への短い廊下を歩きながら、つい口元を押さえてしまう。

いつの間に、自分はこんな偉そうなことを後輩に言うようになったのだろうか。

朝輝の説教癖がうつったのかもしれないと思うと少し恥ずかしい。

しかし、先ほどの自分の言葉には、確かに朝輝の影響が入っているという自覚はあった。

あの夜、ショコラバーで朝輝は九条の仕事を褒めてくれた。その言葉がいつまでも自分の中に残っているのか、つい、夕輝にも客の笑顔を大事にするホストでいてほしいと思ってしまった自分がいるのだ。

夕輝は辞めるだろうか、辞めないだろうか。

期待するのは怖いことだが、それでももう少し、頑張って欲しいと九条は願っていた。

事務所に戻ると、いつの間にか喧騒《けんそう》はなりをひそめ、大半のホストは帰ってしまったようだった。そんなに話し込んでいたつもりはなかったのだが、店長を囲んで数人のホストだけが残っている部屋は静かなものだ。

その面子《めんつ》が、エイリをはじめとする売り上げ上位者ばかりであることに気づき、九条は店長に近づいた。

「あ、戻ってきたのか九条、ちょうどよかった」

店長の声に、輪になっているホストらが一斉にこちらを向く。その真ん中に、まだ朝輝がいることに九条は目を瞠《みは》った。

「なんです、朝輝さんのリンチでも始めるんですか」

「えっ？」

冗談に、朝輝がぎょっとして顔を強張《こわば》らせる。

彼の身の上話を勝手に聞いていた身としては少し居心地が悪かったが、しかし朝輝の緊張感のない顔を見るとほっとした。

そんな九条の緩んだ表情に、店長は九条の機嫌がいいと思ったのか、楽しげに肘《ひじ》をついてくる。

「おい九条、グッドニュースだぞ」

「店長のグッドニュースですか。それは不安ですね」

「ばか、十回に一回は本物のグッドニュースだ。今度のバレンタインパーティーは盛り上がるぞ！」

それはよかったですね。と、適当に答えかけた九条の口が止まった。

はたと傍らを見ると、ピースサインでもしかねないほど満面の笑顔の朝輝が、店長の名刺を手にすっかりミシェルの事務所に溶け込んでいる。

「いやあ、店長さんが、バレンタインにこのクッキー仕入れたいとかおっしゃってたから、これはチャンスと思って直談判《じかだんぱん》したかったんだよ」

朝輝の思いがけない営業意欲に呆気《あっけ》にとられた九条を、すっかり朝輝に懐柔されてしまったらしい同僚たちが面白そうに見つめていた。

「営業がうまくいった日は歓楽街の空気さえ森林浴みたいに美味《おい》しいよ」

「おめでとうございます。まったく、見かけによらず抜け目のない人ですね」

帰ろうとしたところで、朝輝が追いかけてきた。

てっきり、夕輝が戻るのを待つのかと思っていたのだが。

週末の歓楽街は人でごった返して、そこここから笑い声や呼び込みの声が聞こえてくる。

そんな中でさえ心地よさそうな顔をしてみせる朝輝は、本当にミシェルとの仕事が決まって嬉しいらしい。

「それにしても、いいんですか。会社のほうに相談もなく仕事決めちゃって」

「単発の企画のノルマがあと三本クリアできてないままなんだよ。むしろちょうどよかった」

「あと三本……」

「あ、九条、今俺のこと使えない奴って思っただろ」

「そこまで思ってませんよ。ただ似たもの兄弟だなと思っただけです」

「やっぱり使えないと思ってるじゃないか」

夕輝が聞けば真っ赤になって怒るだろうことを言って笑った朝輝を、九条はじっと見つめた。

初めて会ったときと変わらない、彫りの深い顔の中から、今夜夕輝が語ってくれたような暗い色は見当たらない。

しかし、現実に朝輝には朝輝の悲しみがあるはずなのだ。

今までなら、他人の過去も本音もまるで気にならなかったのに、今九条はその悲しみの形を知りたいと思っていた。

豊かさを失い、それがきっかけで家族の形がゆがんでいった九条の実家。

それと、朝輝の家庭は正反対にもかかわらず、朝輝も結局大切な家族の形を失ってしまっているのだ。

朝輝の部屋にあった四つの枠の額縁。

桜の花の似合う家族写真は、しかし夕輝の言うところのド貧乏時代だった頃のものだろう。

最近の家族写真はもっていないのだろうか。……九条と同じように。

「朝輝さん、以前ショコラバーで、私のつまらない身の上話を黙って聞いてくれましたけれど、どうしてですか？」

覚えず、そんな問いかけをした九条に朝輝が振り返った。

「どうしてって、どういう意味？」

「……夕輝から聞きました。朝輝さんも大変だったと。うちとは見事なまでに正反対ですね」

「…………」

苦笑を漏らした朝輝の口元で、呼気が白く濁り消えていった。

娯楽へ誘うネオンサインの、どれにも目をくれず、地面だけを見つめながら朝輝はうなずいた。

「夕輝のやつ、けっこう呑気に話してただろ？　あいつ俺と違って器用だから、一家離散しても普通に父さんとも母さんとも仲良くできるタイプでさ」

そういって、黙りこくった朝輝の言葉の続きは容易に想像がついた。

夕輝も言っていたように、家族の形を元に戻そうと躍起な朝輝は、いつもの説教口調で、家族の説得に回ったのだろう。目くじらを立てて、今の生き方を批判するばかりの朝輝を前に、笑顔を見せるものがいるとはとても思えない。

以前耳にした、朝輝自身も長い間家族の笑顔を見ていない、という自嘲《じちょう》をまざまざと思いだし、九条は朝輝から視線を逸《そ》らした。

「大丈夫ですよ。朝輝さんなら、そのうちすぐに、ご家族を笑顔にできるでしょうから」

「なんで？　九条の実家と違って、うちにはお金があるから？」

皮肉げな物言いに、九条は目を瞠った。

だが、朝輝自身しまったと思ったのだろう。自分の言葉にうろたえるようにして立ち止まった。

「あ、いや。そういうことが言いたいいんじゃないんだ。ただなんだろう……ごめん、変なこと言ったな」

「ええ、本当に。朝輝さんには知性の必要な皮肉は扱いきれないようですね」

「また、意地悪なことを言う……。でも確かに、嫌味ったらしくて気障《きざ》なセリフは九条のほうが似合うだろうな、ははは」

やはり、朝輝には笑顔のほうが似合う。

寒風に笑い声をさらわせながら再び歩きだした朝輝の隣で、九条はその声や言葉にじっと耳を澄ませた。

「でも、俺も九条みたいにちょっとはうまいこと言えるようになったほうが、家族とうまくやっていけるかもな。ほら、俺って正直過ぎるから」

「正直、というよりも、昔懐かしい近所の説教親父みたいな感じですね」

「それ、俺の父さん」

二人してひとしきり笑うと、朝輝はついさっき見せた影など欠片も感じさせない表情でしみじみと言った。

「確かに、九条の話は俺の家と正反対だったよ。だからびっくりした。俺、今まで貧乏に戻ったら、離れていった人もみんな戻ってきてくれると思ってたからさ」

「ご両親や夕輝がですか？」

「それだけじゃなくて、ご近所さんも友達も……。人間って怖いよな、金があってもなくても、態度変わるんだなあ」

「そうですね……」

「あ、でもさ、俺九条が金の無心してきたら、すなおに援助したくなるかも！」

「誰が、あなたなんかに金の無心をするもんですか」

むっと眉をひそめて朝輝を見やるが、朝輝は笑ったままだ。

「だってさ、お金があったら九条、売春しないだろ?」

九条の眉間の皺が増える。

あんなにも、忘れてください、と約束したのに、いつまでたっても口に上らせるなんてひどい男だ。

「また約束を破るんですか。困りましたね、朝輝さんのせいで人間不信が深まりそうです」

「じゃあ、俺も九条のせいで人間不信深まろうっと」

言いあいながら、九条の胸には、売春をとがめられた苛立《いらだ》ちよりも、温かなものが広がっていた。

相手を笑わせるために嘘をついているわけでもなく、金を稼ぐためでもなく、ただお互いの身の上話をネタに笑いあう。それは、かつて父母と笑いあっていた頃の時間とよく似ている。

「それにしても本当に逆だな。お金持ちになったり貧乏になったり、離れていかれたりひっついてこられたり」

「説教魔になったり、売春したり……」

「……ダメ、やっぱり売春はダメ、絶対」

しつこくそう言って朝輝がこちらの顔を覗《のぞ》きこんでくる。

あたりの、色とりどりのネオンサインの光を吸いこんだ朝輝の瞳《ひとみ》は、美しく輝いていた。

それを見ていると、九条は自分の瞳がどう見えるか、ひどく気になった。人との関係を排し、居心地がいいからといって、虚構の世界に溢《あふ》れる笑顔に安心して浸っていた。そんな自分の瞳は、朝輝ほど輝いているだろうか。

「朝輝さんは、頑張ってますね」

「えっ？」

「頑張ってますよ。人助けしたり、説教したり、夕輝を迎えに来たり……私は、そういう人間関係が恐ろしくて、背を向けてしまった。だから、怖いと思っても真っ向から向きあっている朝輝さんはすごいなと、今日夕輝から聞いて思いました」

朝輝が、目を真ん丸に見開いた。

仕事でもないのに褒め言葉を口走ったせいで、少し恥ずかしくなった九条はその視線を受け止めきれずに、わけもなく咳払《せきばら》いをする。

「だからその……そんなあなたが、夕輝との接点のために無理してるんじゃないか気になりまして。急にホストクラブと手を組んで、二十四箇条とやらは大丈夫なんですか」

「ああ、それなら大丈夫！　渡りに船だったんだよ」

その言葉に九条が首をかしげると、朝輝は内緒話のように肩を寄せてきてささやいた。

「初めてミシェルに行った夜、俺頭に血が昇ってて、九条に反論されるまで周りにいるのもみんなホストだなんて見えてなかったんだ」

「便利な脳味噌《のうみそ》ですね。夕輝を迎えにくるより先に、目医者にでもかかったほうがよかったんじゃないですか？」

「目医者も困るよ、俺みたいな患者。なんにしろ、我に返ったらみんなが俺を見ていて、俺はこの人たち全員のこと罵《ののし》ってたんだと思ったらものすごく恥ずかしくなってさ」

そのときのことを思い出したように、朝輝の耳が赤くなる。

「何か言葉じゃなくて、行動でお詫《わ》びできる機会はないかなって、ずっと思ってたんだ」

恥ずかしそうだが、しかし間近にある朝輝の瞳は輝いている。

渡りに船。詫びる機会を得た今、それが楽しみでならないという目だ。

「なんか懐かしいな、あの日の九条、すっごい怖かったよ」

「私が？　いきなり大荷物で乱入してきたサラリーマンほど怖くないつもりですが」

「あのなあ。本当に怖かったんだぞ。緊張して店に入ったら、黒いスーツにネックレスじゃらじゃらさせた目つきのおっかない男が、いかにもカタギじゃない空気を醸《かも》し出して夕輝にお酌《しゃく》させてたんだ。殺される覚悟して突っ込んでいったんだぞ俺は」

「……目つきのおっかない、誰ですって？」

「九条って、本当になんでナンバーワンなんだろう。見た目なんか今どきのヤクザだよ、いかにも女性に冷たそうな感じなのに……」

茫然《ぼうぜん》として九条は朝輝を見つめたが、その表情は大真面目だ。

大方、お堅いこの男には着飾ったホストの大半が危ない人間に見えるに違いない。

もしかして、朝輝があの日あれほど攻撃的だったのも、九条を危険人物だと判断した結果だったというのか。

「朝輝さん、あなた詫びたいのか貶《けな》したいのかどっちなんですか」

「あっ！　ごめん……大丈夫だぞ九条、笑ったら九条も可愛いぞ」

「可愛かったらなんだって言うんですか」

涼しげな顔立ちが素敵。などと方々で褒められても、朝輝の前では形無しだった。

ご機嫌ななめな九条の背を、朝輝が軽く叩きながら笑う。

「まあまあ。俺も反省したし、九条たちのお客さんをめいっぱい笑顔にできる企画にしてみせるから、楽しみにしてなよ」

きゃ、と誰かが悲鳴を上げた。

日がくれるとすっかり夜風も真冬の肌触りで、その冷たい空気がビル風となって吹きつけたせいだ。

その寒風にかき消えてしまいそうな戸惑った声音で、九条は朝輝に問い返した。

「私のお客様を、ですか……？」

「ああ。事務所でホストの人ともよく話すようになったけど、九条はすごいんだって評判だぞ。どんな機嫌で来店したお客さんも、帰るときにはみんな笑顔だってさ」

九条の脳裏に、同僚らの顔が浮かんだ。

愛想よくしているし、事務所にいれば話もする。けれども、飲み会だとか休日を一緒に過ごすだとか、そういうつきあいは絶ってきた九条を、そんな目で見てくれていた仲間がいたことに驚きが隠せなかった。

「九条が、今まで頑張ってきた店だもんな。俺も、九条のお客さんを笑顔にする手伝いができるなんて楽しみだよ」

「ええ、私も楽しみですよ。その……あなたがそんなこと言いながら七転八倒する姿がね」

「九条……ちょっとは、俺にもお客さんにするみたいな甘いこと言ってよ」

「一語千円から承《うけたまわ》っております」

「ぼったくり！」

カラオケ屋ののぼりがはためき、朝輝がぎゅっと薄手のコートの前をかきあわせた。背中を撫でる手は離れていき、九条の体も寒風にさらされる。

それなのに九条は、朝輝の隣にいるととても暖かい気がするのだった。

ときおり、朝輝の言葉はするりと九条の中に入ってきて、ホットチョコレートを飲んだような甘くて温かい心地にさせる。

しかし、そんな言葉を吐いた翌週に早速けつまずくような滑稽《こっけい》な姿を見せられてしまうと

DVD

ロマンに欠けるというものだ。

いやしかし、人をときめかせておきながら、今一つ決まらないのが朝輝の魅力かもしれない。などと勝手なことを考える九条の目の前で、朝輝は未だかつてない情けない姿をさらしていた。

スペースの広いグループ席には、九条といつものヘルプだけでなく、今出勤しているホストの三分の一がつき、女性客はそれぞれ一杯目のビールで乾杯したところだ。

朝輝と沢内《さわうち》、そして彼らの会社の女性社員五名という大所帯による、ホストクラブの視察という名目の親睦会《しんぼくかい》が、今まさに開かれようとしていた。

朝輝は九条のはす向かい、盛り上がる女性五人に囲まれるようにしてソファーに腰掛け、ホストの代わりにひたすらビール瓶《びん》の栓《せん》を抜かされている。乾杯に間にあわなかった自分のボトルを今さら抜いている姿を見るに、朝輝も苦労しているようだ。

「紫麻さーん、違いますよ、私がベルギービールで、主任が黒ビールです！」

「あ、すみません。って、なんでホストクラブにきたのに、ホストが暇そうにしてて、俺が忙しくビールの栓抜きしなくちゃならないんですか」

「紫麻さんかいがいしい！」

「紫麻さん素敵、栓抜きが似合います！」

「はぁ……誘わなきゃよかったこの人たち……」

「朝輝さん、私にも黒ビールお願いします」

「はいはい……って、九条、仕事しろよ」

「えー、僕はそっちの金髪のホストに栓抜いてほしいかな」

「沢内さんは黙っててください！」

もう少しで、朝輝がビールの用意をしてくれそうな空気が流れていたが、間一髪朝輝はその罠《わな》から逃れる。

そうしてビール瓶をすべて開栓した朝輝が、沢内にビールを注ぐため立ち上がったその帰り道に、九条の背後を通りすぎるついでにささやくように話しかけてきた。

「九条、夕輝は？」

「きゃー、やだー、かわいいー。これが紫麻さんの弟ですかー、きゃーきゃー。という事態を起こさないため、夕輝は今日はキャッチに出してます」

「くっ、九条、前に見た目がヤクザとか言ってごめんな。お前いいやつだなっ！」

泣きださんばかりに感謝する朝輝は、やはり同僚には言っていないらしい。この店で弟がホストをしていることを。

世の中にはいろんな人がいる。何も、会社で「自分の家族が水商売」と吹聴《ふいちょう》することもないだろう。そこは、ほかのホストも心得たもので、めいめい得意なやり方で早速女性社員らにアプローチをかけているが、夕輝の話を出すものはいない。

しかし、盛り上がるのはやはり共通の話題で、朝輝が席に戻るや否《いな》や、さっそく女性社員らから朝輝の話が飛び出してきた。

「みなさん、紫麻さんが迷惑かけてませんか？　紫麻さんってホストに『転職しろ！』とか言いだしそうで、心配してたんですけど」

「なんすか、朝輝さん、ばればれじゃないっすか。会社でも説教魔って知れ渡ってるんすか！その若さで話のわからない中年部長の貫禄《かんろく》っすね！」

「そうなんですよー。椅子の上であぐらかいちゃいけませんとか、課長のバーコード頭に期限切れのココアふりかけちゃいけませんとか」

めいっぱい髪を逆立てることで、もの悲しいなんらかの事実を隠している数人のホストが、堅い笑みになって自分の頭にそっと手をあててるのを見つめながら、九条はビールを口に含んだ。

九条らの仕事ぶりは朝輝に見られてしまっているが、朝輝の会社での様子は知りようがない。だから、彼女たちのおかげで、その知るはずのない日常の一コマを垣間見《かいまみ》られることが少し新鮮だ。

口うるさいのは会社でも変わらないようだが、存外可愛がられているらしい。

朝輝を酒の肴《さかな》にみんなが盛り上がる中、九条は面倒ごとを朝輝にまかせたままビールを堪《たん》能《のう》している沢内に耳打ちした。

「沢内さん、うちは十二時閉店ですが、みなさんお帰りはどうするつもりですか」

「大丈夫、適当にやるよ。社宅の子も多いしね。それより、ホスト姿の九条くんを見られる日が来るとは思わなかったよ」

「どうぞ、ゆっくりご堪能ください。ボトル入れるときは、その前に私を指名しておいてくださいね」

冗談めかして言うと、沢内も一緒になって笑った。

相変わらず、変態の「へ」の字も感じさせない気弱そうな風貌の沢内は、柔和な上司姿が板についている。はしゃぐ部下を見守るふりをして、ホストらの品定めをしているようにはとても見えない。

「うちのものに、間違っても手を出さないでくださいよ」

「出さない出さない。今、キャバクラ気分味わってるんだからそう目くじら立てないでよ」

「お触り厳禁ですからね」

「そうなの？　残念」

言いながら、沢内はふてぶてしく九条の膝《ひざ》に手を置いた。

ちょうどテーブルの陰になってはいるものの、誰かに気づかれないかとひやりとする。

「ところで九条くん、僕たちこのあとは現地解散なんだけど、君はあいてる？」

ささやくような声音に、九条は即座に首を横に振った。

売春のお誘いだと気づくと、自然と脳裏に万札が駆け巡るが、タイミングが悪い。

「すみません、先約があるんですよ」

「そうなんだ、残念。でもまだ売りはしてるんだね。最近ご無沙汰《ぶさた》だから、てっきりもう副業は卒業したのかと思ってた」

なかなか足が洗えませんで、と答えながら、九条は図星をつかれた心地で乾いた笑い声を漏らした。

確かに最近ご無沙汰だった。

沢内だけでなく、誰ともしていない。

別に、朝輝の忠告を守っているわけでは決してない。しかし、あの小うるさい売春やめろコールは耳にこびりついていて、ついつい副業の常連客からの電話着信を見て見ぬふりしてしまうのだ。

このままでは、顧客が離れるのも秒読みだな。

そんな焦りから、今夜久しぶりに古い客の誘いを受けたのだが、今日一日、臨時収入を楽しみにしていた九条の気持ちは、ここで朝輝とあいさつを交わして以来すっかりしぼんでしまっている。

「もしかして、紫麻が九条くんにもずいぶんうるさかったんじゃないの？」

「私は沢内さんの心配してましたよ。大丈夫でしたか、会社で大声で自首しろとかなんとか、怒られませんでしたか」

「したした。一応小声だったのが救いだったよ」

二人して、朝輝の大真面目な顔で自首がどうの逮捕がどうのとのたまう姿を思い出し、つい笑ったそのときだった。

「あ、九条、沢内さんと何にやにやしてるんだよ」

はす向かいから朝輝の声がとんでくる。

いつの間にか朝輝の手元には水割りらしきグラスがあり、近くの女性らもめいめい二杯目を頼んだあとのようだ。あちらはあちらで、ずいぶん盛り上がっていたらしい。

「おや、難癖ですか朝輝さん。困りましたね、文句があるのなら、私を指名していただかないと」

「な、難癖じゃないよ。ただ、よりによって沢内さんとなんか……なんの話……」

ごにょごにょと、朝輝の言葉は口の中で絡まりろくに吐き出されることはなかった。

大方、あの夜のことを思い出しいろいろ考えているのだろうが、九条と沢内、二人に笑顔で見つめられてようやく、朝輝は淫靡な夜の記憶とは無関係な人々の視線があることに気づいたようだ。

九条は笑って立ち上がると、ソファーを回って朝輝の後ろに立った。

そして、そのままうつむいてしまった朝輝の肩に腕を絡みつかせ、その後頭部にそっともたれかかる。

「朝輝さんはお小言さんですねえ。せっかくですからうちのホストのマネをして、素敵な女性社員のみなさんにはもっと優しくなさったらいかがです？」

「うちの女性社員にこれ以上優しくしたら男性社員が死滅するんだよ九条」

「まあ、どういう意味ですか紫麻さん！」

「そうですよ！　どうしてそういつも一言多いんですか紫麻さん！　こういうときは本音隠して黙っとこう、って態度のにじみ出る沢内さんを見習ってください！」

糾弾されると、朝輝はげんなりしたように肩にある九条の腕に頭をもたせた。

さしもの説教魔も、女性の反論の波状攻撃には何も返せないようだ。

少し可愛い。くったりとした頭を見つめながら、九条はほくそ笑む。

「もう、最近紫麻さん、元気ないと思って心配してたのに、ちょっと元気戻ってきたらすぐにこれなんだから」

ぷんすか怒ってみせる若い女性社員に、しおれていた朝輝が頭を上げた。

ふわふわとした髪が頬に触れ、微《かす》かにシャンプーの香りが鼻をくすぐる。

さすがに頭までチョコレートの匂いはしないか、と少し残念な心地の九条の腕の中で、朝輝が反駁《はんばく》した。

「い、いつも元気にしてたでしょう。挨拶《あいさつ》も朝の体操も部長のタクシー呼ぶ手の上げ下ろしも、俺が一番元気でしたよ」

「何言ってるんですか、試食用のチョコレートを摘《つま》み食いする量も減りましたし」

「休憩時間に、工場裏の排気口でチョコレートの香り吸いに行くこともなくなりましたし」

「チョコレートジャンキーっすね朝輝さん」

後輩ホストの突っ込みに内心同意しながらも、九条はつい心配になって腕の中の朝輝を見つめた。

女性社員の言う「最近」がいつのことかはわからないが、ここ一年くらい朝輝から元気を奪っている要因は、大方夕輝が語ってくれた紫麻家の事情だろう。

プライベートなどばらされたくないのか、朝輝はむっと眉をひそめて女性への反論の機会をうかがっている。

そこへ、やんわりと沢内が口を挟んだ。

「いいじゃないかみんな。なんにしろ、元気にはなったみたいなんだから、ちょっと口うるさいくらい」

「だから元気なかったわけじゃ……って、俺、最近元気ですか、沢内さん？」

「ああ、いいことあったんだろうなって、部長が紫麻くんのチョコレート食べながら言ってたよ」

「あれ……そういえば今日もらったはずの試作品がどこにもなかったな……」

この様子では、朝輝に元気がなかったのは社内でも有名な話らしい。

夕輝も、そして社員らも心配した朝輝を、自分が少しは笑顔にできていたのかもしれないと思うと、わけもなく九条の心が浮き立った。

腕の中にある朝輝の頭をずっと抱えていたい、なんてくだらない感情さえ覚えたとき、タイミング悪くスタッフから常連客の来店を告げられ、九条は仕方なく朝輝の肩から手を離した。

体温が離れていく感触に、朝輝が顔を上げる。

「あれ、九条どっか行くの？」

「すみません。指名が入ってしまいました。みなさん、担当のホストがご不満でしたら、いくらでもダメ出ししてやって下さいね。それでは、まだまだ楽しんでいってください」

「えー、また戻ってきてくださいねー」

「もちろん」

ありがたい言葉に九条は微笑《ほほえ》みを向け、一礼すると席を離れようとする。

しかし、一歩足を踏み出したところで、くいと袖《そで》を引っ張るものを感じて九条は振り返った。

「あっ……」

すでに、女性社員らは他のホストと共に次の話題で盛り上がっている。

そんな中で、朝輝だけがソファーの背から手を伸ばし、九条の袖を摘んでいたのだ。

「朝輝さん？」

戸惑ったのは九条のほうなのに、朝輝のほうがよほど困った顔をして、おずおずとその指先をほどく。

「ごめん、なんでもない」

女のはしゃぐ声。ホストの笑う声。いろんな声と乾杯の声がまじりあう騒がしい店内で、ささやくような朝輝の声だけが、くっきりと心地いい響きとなって九条の耳朶《じだ》に触れるのだった。


事務所のロッカーを開くと、暗がりの中に携帯電話の明滅が見えた。

はっとして手に取ると、今夜の約束の相手からの着信だった。

今夜人と会う予定だとわかっているのに、着信のランプを見ると、つい父母ではないかと思ってしまう。

朝輝の心配をしている場合ではないな。と自嘲しながらメールを開いた。

予定より早く着きそう。

そんな着信内容を見て、九条は携帯電話を閉じると急いで帰り支度を整える。

本来今日はオフの予定だったが、朝輝が社員と店に来ると決まり、気になって急きょ出勤することにしたのだ。かといって、先約だった副業の客をないがしろにする気もなく、閉店間際で騒がしい店に背を向けると、九条は一足先に仕事を終えた。

「えらく盛り上がってたよ、紫麻さんのとこ。このあとうちの連中とカラオケだってさ」

店内用の靴をロッカーに投げ入れ鍵を閉めると、帳簿と睨《にら》みあっていた店長がそんな声をかけてくる。

「いいですね、賑《にぎ》やかで」

「九条は顔見せなくていいのか？」

「エイリもリュウセイもいるなら大丈夫でしょう。それじゃあ、申し訳ないですが、今日はお先に失礼します」

なになに、デートか？　という店長の言葉を聞き流し、九条は夜の街へ足早に繰り出した。

裏口からぐるりと店の正面玄関脇の通りを抜け、迷わず裏路地を進んでいく。

高速道路の高架下までくると、今までいた東側の喧騒とうってかわって街頭も看板も少ないエリアが広がる。

その、高架下にある猫の額ほどの公園に駆け込むと、待ちあわせの十分も前だが、すでに男はいた。

酒臭い息を隠すように、口臭予防のスプレーを口に吹きかけ、九条は乱れた髪を撫でつけながら公園へ足を踏み入れる。暗がりの中でタバコを明滅させていた男が、すぐに九条に気づくと、公園の吸殻入れにタバコを押しつけた。

「お久しぶりです。珍しいですね、最近ご無沙汰だったのに」

「おひさー。いやあ、今の彼氏マグロでさあ、向こうが出張の合間に、九条としたくなっちゃってさ」

「いいんですか？　そんなこと言われると、あなたと彼氏さんの仲、邪魔したくなっちゃいますよ」

「ははは、相変わらず言うことだけは怖いな。久しぶりだからなんにも決めてないんだけど、いつものホテルでいいか？」

そう言って、男は九条の腰を抱き寄せた。

金払いはいいしノリもいい。

しつこいのが難点だが、沢内のような変態でもない。

しかし、上客の誘いに九条は今までのようにすんなり返事ができなかった。

久しぶりのせいだ。

九条は自分にそう言い聞かせる。

本格的になった冬の冷たい空気に強張ったように、体も口もうまく動かず、九条は腰に触れる男の手の感触を意識していた。

九条の返事を待たず、男が顔を近づけてくる。

キスをして、ただの連れあいのような顔をして町に出る。タクシーを拾っていつものホテルへ……慣れた行程を頭で繰り返しながら、しかし九条の手はあらぬ方向へ伸びていた。

男の動きがとまる。

無意識のうちに、九条は近づく男の唇に、手の平をあてていた。

指に、男の呼気がこもり、驚いた瞳が九条を見つめている。

「なに、禁煙中？」

タバコの匂いを嫌がったと思われたらしい。

しかし、九条にも何が嫌なのかわからなかった。

うまく言い繕《つくろ》わねば。しかし、九条の手は男を拒絶したまま動いてくれない。

ちょっと焦《じ》らしただけですよ。とかなんとか言って、濃厚なキスをこちらからしかければいいだけだ。そう思うのに、九条はこの男とキスをすれば、朝輝とのキスの記憶が消えてなくなってしまうような錯覚に襲われた。

チョコレート味のキスが、いつもの味もそっけもない、ただの粘膜の触れあいに逆戻りしてしまう……。

背後で、砂を踏みしめる音が響いたのはそんな焦りを抱《いだ》いたときだった。

「九条、何してるんだ」

すっかり耳に馴染《なじ》んでしまった声に、九条は驚いて振り返った。

虫を集めるばかりで、まるであたりを照らす役にたっていない街頭の下に、朝輝が立っていた。

この寒い夜に、コートのボタンも留めずに仁王立ちになった朝輝は、どう見ても偶然ここに居合わせたという雰囲気ではない。

「なんだあんた。こっちが先客だぞ」

男の口元を押さえていた九条の手だけが、寄《よ》る辺《べ》なく宙に浮く中、男がそっと九条を背後に押しやってくれた。

しかし、負けじと朝輝も剣呑な空気で近づいてくる。

「九条、またなのか。俺の頼み、聞いてくれる気はないのか」

売春ではないかもしれない。

そんな理性が働いているのか、朝輝は「売春」とは口にしなかった。

しかし、その言葉の端々に、今までの朝輝との不毛なやりとりを思いだし、九条は自分の手を見つめた。

男のキスをとっさに拒絶した手。

朝輝の、チョコレート味のキスを忘れてしまうのが怖いと思った、自身の心。

じわじわと、九条の中でその思いの正体が熱を帯びはじめていた。

「おいお前、誰だか知らないが、つきまとうのはマナー違反だぜ」

「あなたこそ、自分が何やってるかわかってるんですか。犯罪ですよ」

「は？」

相変わらずの「朝輝節」に、こんな場面だというのに九条はふっと呼気が漏れた。

明らかに笑いを含んだその音に、一触即発だった二人がこちらを見る。

「ふっ、ふふ、いや、すみません……あんまり朝輝さんが場違いなものだから」

「ば、場違いってなんだよ九条」

九条の笑い声に、わずかに朝輝のとがった空気がゆるむ。

それを肌に感じながら、九条は自分をかばうようにしてくれていた男の肩に手を置いた。

「すみません、心配かけて。つきまといとかじゃないんですよ。売春をやめろと言ってくれる貴重な人材ですかね」

「売りをやめろって？」

いぶかるように繰り返すと、男は朝輝をまじまじと見つめた。

「そりゃまた、お節介な野郎がいたもんだ」

「お節介なんかじゃありません、誰もがするべき忠告です。売春は犯罪なんですから」

朝輝の反駁に、男は何も言い返さず九条に視線を寄越してきた。

「なんだこいつは」

夜風が、男の盛り上がった気分をさらっていったようだった。

「九条、今日はお開きだ。また連絡する」

「また連絡してくれるんですか？」

「……お前が、電話番号変えなきゃな」

男の指が九条の腰からするりと離れたかと思うと、その背中は公園の入り口へ向かって遠ざかっていった。

荒い砂を踏む足音を、いつまでも夜風が運んでくる。

かつて、何か問題が起こって、何もしないまま帰られてしまうとき、ひどく焦ったものだった。

これで、予定の収入が減る。

同時に安堵《あんど》もしていた。

父の口座に金を振り込むとき、何で儲《もう》けた金か考えなくてすむ……。

常連客だった男が遠ざかる様に、自分の昔の愚かさや過ちも遠ざかっていくような気がして、九条は長い間その足音に耳を澄ましていた。

一緒になって、男の背中を見送っていた朝輝も、何を思っているのか言葉はない。

そのことに気づき、九条はようやく沈黙を破った。

「あなたのせいで、今夜の臨時収入がぱあです」

首をもたげ朝輝を見ると、朝輝もこちらを見た。

大きな瞳は、まだ何かこらえているように輝き、文句を言いたりないようだ。

「お仕事はいいんですか。このあとみんなでカラオケだとか」

「……店を出たら、店の横の通りを九条が駆けていった。すぐにわかったよ、また売春するんだって」

「すばらしい嗅覚《きゅうかく》ですね。刑事にでもなったほうがよかったんじゃないですか」

いつもの笑みで応じると、朝輝は唇を開いた。

しかし、何も言わずにまた閉じる。

その唇を、九条はじっと見つめた。あの夜の、チョコレートの香りを思い出すように。

この唇を貪《むさぼ》りたい。

金も、売春相手が離れていくのもどうでもいい。自分は朝輝の体温が欲しいのだ。

正体をあらわにした自分の欲望に、九条はらしくもなく従う気になった。

渦巻くこの欲望を口に出したところで、朝輝はどうせいつものように真っ赤になって怒るだろう。拒絶したり、ふしだらだと言ったり、耳馴染んだお説教をしてくれるに違いない。

それなら、冗談めかして誘ってみたほうがすっきりするのではないか。

拒絶されれば、この生まれたての欲望も感情も、勝手な期待に膨らむことなく萎《しお》れていってくれるだろう。悶々《もんもん》とこんな思いを抱くよりも、そのほうがずっといい。

九条は、朝輝が九条の言葉を拒絶してくれることを願って口を開いた。

「朝輝さんが今から相手をしてくださるのなら、今夜の売春はやめますけど、どうします？」

「え……？」

「臨時収入はぱあになってもいいんですけど、人肌の恋しさばかりはどうしようもありませんからね。朝輝さんが相手してくださるのなら、今夜はあなたで我慢してさしあげますよ」

口にしてから、九条は己の浅ましさに羞恥《しゅうち》を覚えた。

朝輝が断ることを期待しているくせに、脳裏には、初めての夜、朝輝が九条の挑発に負け、欲望に溺《おぼ》れた姿がちらついている。

誰かを想う気持ちは、こんなにも身勝手なものなのかと怯《おび》えながらも九条は朝輝の返事を待っていた。

「九条、俺は……」

冷たい夜風に吹き飛ばされてしまいそうな朝輝の声が聞こえた。

苦い表情だった。気持ち悪かっただろうか。軽蔑《けいべつ》しただろうか。

そんなことを考える間にも、朝輝は数度瞬《まばた》きすると、一度額を撫でた。そして、再び顔を見せたときには、その表情からは嘘のように苦悩の色は消えていた。

「……この辺で、知ってるホテルあるのか？」

まるで、遊び慣れた男を気取るような落ち着いた物言いに、今度は九条が眉をひそめる。

朝輝を、自分の浅ましいわがままにつきあわせようとしている罪深さに気づきながら、それでも九条はただうなずく。

脳裏に、ふと初めての売春の夜が浮かび、そしてその記憶は再び吹きつけた冷風にかき消されていったのだった。

メールの音が微かに聞こえる。

両親だろうか、それともさっきの男だろうか。

もしかしたら別の売りの常連客かもしれない。

つらつらとそんな思考に逃げながら、九条は肌を震わせていた。

九条の中は、今日も準備していたゼリーカプセルのせいですでに濡《ぬ》れそぼっており、ホテルで服を脱ぎ捨てるときから朝輝を驚かせてしまっていた。

あの、野外で繋《つな》がりあったときとは違い、お互い求めあう行為は不思議と緊張する。

お互い一糸まとわぬ姿でベッドに乗り上げると、滑稽な姿をさらしている気にさえなった。

慣れていることのはずなのに、朝輝の視線にさらされるだけで心臓が痛いほど高鳴るのだ。

「あ、あの朝輝さん……やっぱり、やめますか？」

「ん、なんで？」

ベッドに乗り上げもう数分。

朝輝は九条の膝裏に手を差し込み、九条を二つに折りたたむようにしてひっくり返したまま、じっとこちらを見下ろすばかりだ。

尻を高く天井に上げた格好のせいで、恥ずかしい場所がすべて見られてしまっている。

ゼリーカプセルのとろける感触にさえ震え戦慄《わなな》く自分のそこが、朝輝の視線が触れるたび浅ましいほど収縮するのが、嫌でもわかった。

そんなものを見ていて、やはりやる気がなくなったんじゃないだろうか。

いつまでもこの格好で見つめられていれば、誰だってそう思うだろう。

しかし、朝輝はあっけらかんと答えると、なおも九条を見下ろしてくる。

肌をさらけ出し、こんな格好で見つめられている。というだけで力を帯びはじめた陰茎も、濡れてひくつく場所も、震える尻のなめらかな肌もくまなく朝輝の視線に撫でられている。

「なんでって……そんなに見られたままだと、困ります……」

まだ何も始まっていないのに、嫌味を言う余力も残っておらず、九条は困り果てて弱音を吐いた。

なおも朝輝は九条を見つめていたが、さすがにその窮状に気づいてはくれたらしい。とんでもないことを口にする。

「九条は、いつもどうしてるんだ?」

「え?」

「この……濡れてるところ、自分でほぐしてるのか?」

「いや、人に……よります」

言ってから、耐えがたい羞恥が九条の体の内側を嬲《なぶ》った。

人による。だなんて、今まで大勢の人間としてきたことを、その行為の細部にいたるまでさらけ出した心地だ。

呆《あき》れられやしないだろうか。潔癖な朝輝のことだ、今さらのように、九条の行為の数々を汚いと思って帰りたくなってやしないだろうか。

そんな懊悩を抱く九条の手に、朝輝の手が伸びてきた。

右足だけ朝輝の手の支えがなくなるが、その代わり九条は腹に力を入れ同じ体勢を保ちつづける。

何のつもりだろう。不安げに見守る中、朝輝の手が九条の手を臀部《でんぶ》の窄《すぼ》まりへと誘導した。

「俺、こないだみたいに無茶するのも悪いし、気持ちいいとこ教えてくれたらありがたいんだけど」

「っ……」

だから、自分でしてみせて。

そう言っているのだと気づき、九条は逃げ出したくなった。

嫌だとか、怖いだとか、そういう感情は露《つゆ》ほどもないのに、淫《みだ》らな性を自ら一つ一つばらしていかねばならない羞恥がすさまじい。

朝輝の指先が、九条の指先をつついた。

つい、その感触に煽《あお》られるように、九条は唇を噛《か》んで自分の中へと指を侵入させる。

朝輝にそこを向けたまま、濡れた窄まりへ指を一本突き入れると、待っていたとばかりに内壁が蠢《うごめ》く。

粘膜への刺激に、条件反射のように九条は吐息をこぼしていた。

こうなったらヤケだ。羞恥から逃れるためには、じっとしているより開き直ったほうがきっといい。

そう自分を奮い立たせると、九条はそのまま指を進めていった。

すでに濡れて、とうの昔に客を貪《むさぼ》る気でいたそこは、九条の細い指先に不満げだ。九条自身ももどかしく、すぐに二本目の指を挿入し、自慰にふけるようにゆっくりと自分の中を押し広げる。

「あ、ぅ……」

「すごい、九条のここ、指に吸いついてる」

「だ、まってて、ください……っ」

しかし、聞こえていないのか、そういう性分なのか。

朝輝は黙らなかった。

「九条、腰が揺れてるよ」

「……ぅっ」

「前も、勃ってきた。九条の、すごく固そうだな」

「あ、んっ」

九条の指をいざなった朝輝の手が、今度は九条の前に触れる。

そっと優しく撫でられ、九条の内壁が喜びに戦慄く。

しかし、九条は抗議の声を上げることができなかった。

たっぷり濡れた淫穴に押し込めた指先を、快感にうねった九条の内壁は容赦なく咥《くわ》えこんでくる。その弾力に震えた指先が、気持ちいいところに触れたからだ。

「んっ」

「九条?」

恥ずかしいところのすべてを見下ろす朝輝には、九条の変化がすぐにわかったらしい。

不安げに声をかけつつも、欲望に光る瞳がじっと九条の臀部を見つめている。

「な、なんでも、ありませんよ……」

「……気持ちいいのか?」

「っ……」

ただ、そう聞かれただけで九条の中がまたうねる。

なんて恥ずかしい男だ。そう思うのに、九条は続く朝輝の言葉をじっと待ってしまう。

「九条、もっと動かして。こないだの夜、激しくしたらすごく気持ちよさそうだっただろう?」

「そんな、こと……あ、んっ、ぅっ」

煽られるまま、九条の指先は勝手に蠢いた。

脳裏を、アーケードの下で朝輝に揺さぶられた記憶がよぎり、その快感を思い出すように九条は感じる場所を強く抉《えぐ》ってしまう。

「はぅっ、ん、ぁっ。こんな……っ」

「すごい……」

「み、見ないでください……」

「お尻の穴がひくひくしてる。こないだの夜も、こんなに濡らして俺のを飲み込んでたのか?」

「いや、ちがぅ、ちがっ……そんなっ……」

気づけば、九条の指先はもう九条のものではなくなっているようだった。

朝輝のあの夜の欲望が乗り移ったように、感じる場所をぐりぐりとくじり、うねる内壁にずるずると指肌を馴染ませてしまう。

自分で自分のそこをいじりながら、激しい水音がたちはじめたことに気づき九条は耐えきれずに懇願した。

「あ、朝輝さん、見ないでください……あなたが見ると、私の指がおかしいんですっ」

「おかしくないよ、大丈夫だ。すごくエッチで……気持ちよさそうだから」

「ふぁっ、あ、っ」

朝輝に見られている。

余すところなく、自分があの夜のことを思い出し、後ろの孔で感じているさまを。

朝輝は黙らない。

その声をこれ以上聞いたらおかしくなってしまいそうで、九条は朝輝の言葉を自分の嬌《きょう》声《せい》でかき消そうとした。

ぐちゃり、と内壁がぬかるみ、尻肌をローションが滴っていく。

「あぁ、あっ、朝輝さんっ、朝輝さっ……」

「すごい、九条、後ろだけでもういっちゃいそうだ」

「ふ、っくぅん、んっ……朝輝さん、くださいっ」

「っ……」

「ください、朝輝さんも、気持ちよくなってくださ……あ、んっ」

そういえば、あの夜も「ください」と九条はねだった。

冗談で、朝輝をからかってやろうと思って。

それなのに今、九条は心の底からねだっている。朝輝が欲しい。今までの過ちは、朝輝を気持ちよくしてやるための練習だったのだ、なんて開き直りが脳裏をよぎるほど、朝輝とともに愉悦の海に潜りたい。

指が、淫らなばかりのしこりを抉る。

本当にこのままイってしまいそうだった。

はしたなく、朝輝に言葉で責められながら、自慰のようにして達してしまう。

もうそれでもいいかと思ったちょうどそのとき、九条はふと視界の影が濃くなったことに気づき、朝輝を見上げた。

身を乗り出してきた朝輝は相変わらず自分を見つめていた。

大きな手に、しっかりと膝裏を摑《つか》まれ、そして今度は臀部にも何か触れてくる。

手の甲と尻におしつけられたものの脈動と熱さに、体の芯《しん》が痺《しび》れるように震えた。

「あぁ、あっ……」

「俺も、ちょうだい……九条のこと、今だけでもいいから、全部」

指を抜くいとまも与えてくれず、朝輝のものがずるずると侵入してきたせいで、九条は朝輝の掠《かす》れる声を聞きとることができなかった。

指で押し広げたそこが、さらに押し広げられ、太い肉茎にこすりあげられると同時に、微かな絶頂感を覚えたほどだ。

「九条」

名前を呼ばれ、九条は答えた。

「朝輝さん、来て、もっと……」

人生で、こんなに甘えた声を上げるのは初めてかもしれない。

そんな声が漏れた自分自身に驚きながら、九条は胸一杯に朝輝の香りを吸い、そして淫欲《いんよく》の波に流されていったのだった。


「途中でメールが鳴ってたけど、さっきの男か？」

朝輝の声が浴室に反響している。

ホテルの用途にふさわしい広い浴槽に、二人でくったりと身を沈めると、天井には蛍光塗料の星座模様がうっすら輝いていた。

こんな天井を、ユウナも朝輝と眺めたことがあるのだろうか。

そんな色気のないことを考えながら、九条は喘《あえ》ぎ疲れた喉《のど》を震わせ答えた。

「いえ、母です。仕事先で最近昇給したそうで、久しぶりに刺繍《ししゅう》をはじめるとかなんとか……」

「へえ、よかったじゃないか」

こんな格好で、家族の話をすることにやましさも気まずさも感じないらしく、朝輝は明るい声を上げる。

最中、あんなに意地悪だった男とは思えない優しい口調だった。

「朝輝さんはどうですか。万年反抗期の弟さんは、水商売やめてくれそうですか」

「意地悪……」

裸の男二人でバスタブに浸《つ》かるのは滑稽かと思っていたが、重なるように身を沈め、後ろから抱きすくめられると、どんな格好になっているかなんてどうでもよくなった。

「お母さん、刺繍好きなのか？」

朝輝のささやきが、背中に響いた。

その音にゆったりと意識を泳がせながら、九条はうなずく。

「ええ、多趣味でしたよ。私にはよくわかりませんけど、毎週水曜日は刺繍、金曜日はお花。生徒さんを呼んでやってましたね。大昔の話ですけど」

「生徒？　なんか、すごいな」

生徒といっても、近所の奥様方から材料費をもらう程度の趣味の延長線上のこと。

それも、没落以降は法外な金をとられていたなどと、意地の悪い噂を流されて誰とも縁はなくなってしまったようだが。

ぼんやりとそのことを思い出しながら、しかし九条は以前のような鬱々とした心地にはならなかった。

きっと、その話をすれば朝輝は怒ってくれるだろう。なんてひどい話だと憤ってくれる。

それだけで、もう何もかも昔の話だと、忘れてしまえる気がした。

「いいな、九条は。ご両親にも、何かとうまいこと話できてるんだろうな。元気づけたり、笑いあったり」

「まさか。今日のメールも、元気そうで何よりです、と返信するだけで精いっぱいですよ」

「なんでだ？　店でもどこでもあんなによく口が回るのに、もったいない」

言われてみれば、他人にばかりこの舌はよく回る。

なんだかそれがおかしくて九条が笑うと、バスタブにたっぷりと張った湯が揺れた。

天井の星座が映りこみ、きらきらと輝くのを見つめながら九条は白状する。

「あなただって両親にうまいこと何も伝えられないのと同じで、私もろくすっぽ洒落《しゃれ》た言葉が思いつかないんですよ」

「そっか、九条でもダメなのか、難しいもんだな」

「朝輝さん、本気でご両親によりを戻せって言ってるんですか？」

「……まさか」

「まさか？」

「わかってるよ。ノリと勢いで離婚なんてしないだろうし、よりを戻せなんて土台無理な話だ。ただ俺は……他になんて言ったらいいのか思いつかないんだよ」

その言葉に、九条は共感を覚えた。

ダダを捏《こ》ねたいのか、我がままでも言いたいのか。

すなおに心配だと言えばいいのか、寂しがればいいのか。

「本当に大事にしたい人への言葉ほど、無力なものなんでしょうかねえ」

「……九条の言葉なら、伝わる気がするなあ、俺」

「なんですか、いきなり」

「だって、ミシェルのナンバーワンホストなんだろ？　夕輝だって九条に懐いてるしなあ。九条の言葉なら誰にでもうまく伝わる証拠じゃないか？」

バスタブの水面の揺れに合わせるように、朝輝の声もふわふわと揺れている。

「それにさあ、俺も九条と一緒だと……」

「朝輝さん？」

音の籠る浴室は、声が止むと深い静寂に包まれる。

沸き立つ湯気の音さえ聞こえるような錯覚に陥りながら、九条は朝輝の続く言葉をじっと待った。

背中に朝輝の胸板があたっている。その奥で、激しい鼓動が躍っているような気がしたのだ。

じっと耳を澄ませる九条に、朝輝がぽつりとささやいた。

「九条、売春やめなよ」

せっかくドキドキしながら続く言葉を待っていたのに、相変わらずの朝輝のセリフに、九条は思わず乾いた声が漏れた。

何か、甘いささやきが聞けるのでは、なんて期待した自分が馬鹿だった。

しかし、朝輝は浴室に響いた笑い声を遮るように続ける。

「やめなよ。やめてさ、後ろめたい商売してたことなんて忘れた顔して、たまには親の顔でも見に行けよ」

副業を始めた頃は、ただ金のためにがむしゃらだった。

募っていく罪悪感と、減っていく借金額と、まさか売春をしているだなんて伝えていないが、いつもそれなりの金を作ってくる九条への、両親の憂いを帯びた眼差《まなざ》し。

問いたださねばならない、と思いながらも金策に追われるばかりだった二人もまた、自分のように他に言う言葉を思いつかずに、ただ「ごめんなさい」という言葉に頼るほかなかったのだろうか。

「見に行って、なんて言ったらいいと思います？」

こんなこと、人に聞くのは初めてだ。

しかし、一緒になって眉をしかめて言葉を探す朝輝の存在が温かい。

湯の中に沈む朝輝の手に、自分の手をそっと這《は》わせると、少しだけ朝輝の肩が跳ねた。

「顔が見たくなって、とか？」

「月並みですね」

「いいじゃないか別に。ホストクラブに来た、遊び上手なお姉さま方を口説くんじゃないんだからさ」

「じゃあ、朝輝さんも今度ご両親に、より戻せなんて無茶言わずに、可愛く笑って『元気な顔が見たくて』って言えばいいじゃないですか」

「えー、やっぱ月並みに思えてきたなあ」

たっぷりと交わり、体を洗い湯船にひたった朝輝からは、以前のようなチョコレートの香りはしない。

しかし、こうして触れあい、笑い声を聞くだけで同じくらい甘い心地が九条を襲う。

誰にも話したことのない弱音を吐露し、それをネタにからかいあい、指を絡めあい、あれも、これも月並み、などと言って笑いあう。

言葉も、体温も、思い出も、何もかもが深く交わり一つに溶けあうような心地だ。

そんな、密度の濃い人間関係を疎んでいたはずなのに、今はこの時間が甘く愛《いと》おしい。

「写メとかどうだ？　刺繍、できたら写真送って、とか」

「ああ、いいですねそれ。朝輝さんもけっこう巧《うま》いこと言うじゃないですか」

「ははは、九条に褒められちゃった、今なら女の子も口説けるかも」

「こんな深夜に街で出会った女の子に、なんて言って口説くんですか？」

「えっ……早く帰りなさい、かな」

心底愉快げに笑い、九条は朝輝の額に自分のこめかみを摺《す》り寄せた。

朝輝くらい、本気の瞳でそんなことを言われれば、もしかしたら胸を弾ませる人もそのうち現れるかもしれない。

自分のように。

縮まる距離に酔うように、のろけたことを考える自分の単純さを自嘲しながらも、九条は今だけだから、と自分を甘やかし、湯の中の朝輝の手を握った、そっと指を絡ませると、応じるように朝輝の指先が吸いついてくる。

「そういえば九条」

ひとしきり笑ったあと、朝輝がささやいた。

「なんで、人恋しい夜に俺なんか誘ったんだ?」

「そりゃあ、てっとり早かったからですよ」

すげなくこたえると、とたんに浴室に沈黙が下りる。

朝輝が好きなのだ。

ようやく胸にはっきりと形を成したその言葉を伝える気はない。

その言葉をどう扱うべきなのか、九条自身初めてでわからないからだ。

誰かとつきあう想像も、誰かにふられる想像もできないまま、ただ九条は自分の中に数年ぶりに生まれた温かな思いを、誰かへの愛情を大切に抱いているほか、自分にできることは思いつかなかった。

何より朝輝にはユウナがいる。

それに、九条を抱いたのだって、ただ執拗《しつよう》な誘いに負けてくれただけだ。

ぽつぽつと、言いわけばかりがごまんと浮かぶ中、じっと黙っていると、ふいに、太ももに朝輝の指が這った。

耳朶に触れる呼気が、ぐっと熱を増した気がする。

「んっ……」

さざなみ立つ程度だった湯が、水滴を上げて揺れた。

朝輝の手が九条の太ももから尻のラインをなぞると、まだ腹の奥深くに残ったままの朝輝の熱欲の感触を思い返しのけぞってしまう。

ひっきりなしに水音が鳴る中、いつの間にか吐息を荒くした朝輝が首筋に噛みついてきた。

「っ、朝輝さん……」

なんですか助平親父みたいに。そんな揶揄《やゆ》が浮かんだのに、言えなかった。

背後にいる朝輝の雄芯が、頭をもたげて九条の尻にあたっている。

九条をエッチと責め、ふしだらとのたまう男が再び欲情している。そのことが、心底求められているような錯覚を九条の中に呼び起こす。

それは、チョコレートのように甘くとろけるような錯覚だ。

「九条……なんで……っ?」

「湯が、ぁ、あっ……」

ぐっと、指先を後孔へ押し込まれる。

朝輝の行為を期待して、自分の中が浅ましく蠢いた。

その粘膜の感触を指先で味わうように朝輝が侵入を深めてくる。

「朝輝さんっ」

湯から上がれば、着替えてメールの返事を出そう。

朝輝の言うとおりの言葉を連ねてみようか。そうしたら、きっと朝輝は笑いながらも、一緒になってどんな返事が来るか緊張してくれるに違いない。

そんな甘い思考は、次第に激しさを増す浴槽の波に揉《も》まれてかき消え、浴室にはただ二人の荒い呼気と、お互いの名を呼ぶ声だけが繰り返されるのだった。


「兄ちゃん、今日は俺に説教ないの？　ホスト辞めろとか、水商売辞めろとか、転職しろとか」

「え？　ああ、うん。今兄ちゃん忙しいんだよ、また今度な」

蛍光灯に照らされたミシェルの店内に設置された、ある機械にかかりきりの朝輝は、今日はまだ夕輝に一度も文句を言っていない。

掃除のモップ片手に、朝輝の視界に入ろうとうろつく夕輝より重要なものがあるからだ。

店の中央で、ステンレス製の機械が鈍く輝いている。

全長三メートルはあるだろうか、幾重にも段差のついた機械の正体はチョコレートファウンテンだ。

パーティーなどで四段、五段の大型チョコレートファウンテンなら九条も見たことがあるが、段差がついただけの目の前の機械は、チョコレートフォンデュを楽しむ機械、というよりも、流しそうめんのほうが似合いそうな傾斜のついた平板が重なっている。

「これが、おっしゃってた特注品のチョコレートファウンテンですか？」

「そう！　よくある段々のデザインに飽きたからって、うちで作ってみたんだけど商品化できなくて、今十台ほど倉庫に眠ってるんだよ」

廃棄処分にも金がかかるから、とそのままだった機械ならば安価で使用できる。

そんな提案に乗せられ、一度こうして持ってきてもらったのだが、目の前にしたステンレスの段々畑の魅力はチョコレートを流さないうちはさっぱりわからない。

チョコレートフォンデュというともう目新しいものではなくなってしまったが、それでも女性受けがいいのは確かだ。横に広いこの機械なら、客らが集まって混雑することもないだろうとか、やっぱり普通の形のファウンテンのほうが可愛いんじゃないかとか、他のホストらがかしましい中、朝輝はドライバーを片手に、機械の裏側をしきりにいじくりまわしている。

すでに機械の台座にあたる皿部分には白い液体がたっぷり流し込まれており、テストプレイ用の安いクリームだと朝輝は言っていたが、食べても害はないらしい。

害はない、と朝輝が言ったわけではないが、朝輝が摘み食いしているのをしっかり見てしまったのだ。

紫麻家二十四箇条に、摘み食い厳禁の項目はないのだろう。

「では、スイッチ入れますね」

実際は、本体そのものを温める時間がいるらしいが、今日は試運転がてら、モーターさえ動かせばすぐに液体のクリームを循環させることができる。

興味本位で居残っているホストらも見守る中、風変わりな形のチョコレートファウンテンは静かなモーター音を発しはじめた。

「少し、モーター音が大きいですかね」

「営業中は音楽もかかってるし、騒がしいから大丈夫じゃないか」

エイリとささやくように相談しながら、じっとチョコレートファウンテンを値踏みする。

その目の前で段々畑の頂上から白いものが吹き出した。かと思いきや、あっと言う間に液体は滝のように最下層へと侵略をはじめる。

ただ形が違うだけ、とはいえ一風変わったチョコレートファウンテンの光景に、店長の目が輝いた。

「お、いいねいいね。おーい夕輝、ちょっと電気落としてみてくれ」

一人寂しく掃除にせいを出していた夕輝の返事がどこからともなく聞こえると、小走りの足音が事務所へと消えていった。

ときおり液体の表面がうねるように輝くクリームは、ステンレス板にわずかな凹凸をつけているらしく、美しいひだとなって台座に落ちていく。

しかし、この色が本番ではチョコレートブラウンになり、なおかつ間接照明に頼った薄暗い中で、効果的に見えるだろうか。

しばらくすると、店の隅の電気が消え、それにつられるようにして蛍光灯が順繰りに明かりを落としていく。最後の蛍光灯が消えると同時に、今度はソファー周りや足元の間接照明が輝きだした。

うっすらと数時間前の店の雰囲気が戻ってきた中で、最後に頭上のシャンデリアが輝くと、朝輝が「わっ」と声を上げるのが聞こえた。

暗がりの中で、クリームがあたりの光に輝きながら流れ続ける様に、機械を設置した本人でありながら驚いたらしい。

「いいじゃないですか店長。これはなかなか見応えありますよ」

九条の言葉に、エイリたちもうなずく。

「紫麻さん、これ本当に不良品なんですか？」

「ええ、作りがややこしくて、一度使うと洗えない場所にチョコレートがつまってしまうんですよ。無理に洗おうとしたら、ヒーターにまで水をかけなきゃならなくなるんです。一回の使い捨て……ってわけにもいかないので、売り物にはできませんでした」

このチョコレートファウンテンの使用に、朝輝はずいぶん安価な料金設定を提示してきた。だから、ひとまずどんな機械か見てみようとなったのだが、不良品と聞いて二の足を踏んでいた店長の目は、今では風になびくビロードのようなクリームの滝に釘付けだ。

「クリームよりチョコレートのほうが粘度が高いでしょう。大丈夫なんですか」

「開発当時の試運転のビデオも資料も見たけど、運転そのものに不具合は一度もなかった。ただ、使い終わったあとは、詰まってとれないチョコレートのせいで、あたりにチョコレート吹き飛ばす機械になってしまうんだけど」

「当日は、ほとんど一日中稼働させることになるんですが、長時間稼働の限界はどのくらいでしょう」

何を尋ねても、朝輝は間髪入れずに返事をくれる。

その光景につられるようにほかのホストも質問を繰り出す中、店長はフォークに刺したイチゴをクリームにつけていた。すっかりこのチョコレートファウンテンが気に入ったらしい。

「紫麻さん、この不良在庫、何台あるんだっけ？」

店長が、イチゴを頬張りながら尋ねた。

「十台です。どれも同じ型ですけど、提供するときは今日みたいに細かくチェックしますからご安心ください」

「十台ねえ」

いつの間にか戻ってきていた夕輝が、朝輝と店長のやりとりを不思議そうに見つめている。

しかし、呑気なのは夕輝一人で、あたりのホストらは一様に嫌な予感を抱いていた。

店長が少しはしゃぎすぎだ。こういうときは、いつも無茶なことを言い出す……。

「紫麻さん、これ四台ちょうだいよ、タダで」

「はっ？」

きょとんと、目を見開いた朝輝にかわり、九条らが声を揃えて叫んでしまった。

サービス精神旺盛《おうせい》で、会社から任されているほかの水商売店舗でも何かと無茶ぶりが多いらしい店長の久しぶりの妄言に、ついホストらも朝輝にフォローを入れてしまう。

気にしないでください、だの、聞かなかったことにしてください、だの失礼なことを言うほかないホストらを押しのけ、店長が続ける。

「いや、うちが使ったあとは廃棄になるんですよね、これ？　廃棄のほう、うちでやっときますから」

「て、店長もう黙っててください！」

エイリが耳まで赤くして詰め寄る中、九条は意外な思いで朝輝を見つめていた。

ホストたちのフォローに甘えるでもなく、朝輝が手にしていたファイルを開くと思案深げに眉をひそめ、一枚のチラシを取り出したからだ。

もはや、タダにしてもらって当然、と言わんばかりの店長と向きあう姿に、迷惑そうなそぶりも困惑も見あたらない。

「廃棄のほうはありがたいんですが、二、三部品を保管しておきたいので、そこまでお世話にはなれません。けれど、四台も使っていただけるのなら、使うチョコレートの量も増えるんですよね？」

「おう。これ綺麗《きれい》だから、ホワイトチョコでもやりたいなと思ってさ。なあお前ら、余っても派手なほうが盛り上がるよな」

ホストらの返事を待たず、店長は朝輝の手元を覗きこんだ。

確か、ふちの赤いあのチラシには朝輝の会社で扱っているチョコレートの価格が羅列されていたはずだ。

「もし黒、白両方するなら、予定より高くなりますけど、こっちのチョコレートのほうがいいかもしれません。ホワイトチョコレートの種類なんですが……」

淀《よど》みなく始まった朝輝の価格交渉に、ホストらが顔を見合わせる。

味見してください。といって朝輝が試食用のタブレットチョコを幾種類も広げると、何人かのホストらもその話しあいの輪に入っていく。

しかし、九条はポケットに手を入れたまま、少し離れたところから朝輝だけをじっと見つめていた。

実家が没落してから、怒濤《どとう》の年月を一人で過ごしてきた。

愛想笑いと嘘の世界の居心地の良さにひたり、それを維持するために懸命だった。

だからこそ、自分の中に芽生えた新しい感情が愛おしい。

今まで親しかった人たちが去っていった。九条の中にこびりついていたそんな記憶は、濃厚なチョコレートの香りに包みこまれ、もうその苦さを感じることはない。

ちらり、と朝輝の横顔からチョコレートファウンテンに視線を移しながら、九条はこの機械を濃厚なチョコレートが延々と流れるさまを想像した。

きっと客は喜んでくれるだろう。

その笑顔が心底楽しみで、九条は朝輝一人に変えられてしまった自分の柔らかな感情を、一人静かに噛みしめるのだった。


深夜二時。

企画決定の打ちあわせはまだ先だというのに、チョコレートファウンテンにさらなるイチゴを投下しながらの店長と朝輝の話しあいは今の今までかかってしまった。

いい加減仕切り直そうと、九条が言葉を尽くして解散させたのだが、今も店長はスイッチをとめた機械を前に、当日の演出を考え込んでいる。

その仕事熱心な姿に背を向けようやくミシェルを出ると、背後から声がかかった。

「あ、待って九条。途中まで一緒に行かないか」

振り返ると、マフラーを巻きながら朝輝もミシェルを出てくるところだった。

すっかり寒くなり、黒いコートに身を包むようになった朝輝は、こうして店から出てくると仕事上がりのホスト仲間のようだ。

仕事に専念する男の色気を引っ込めて、いつもの人の良さそうな笑みを浮かべた朝輝とともに歩きだしながら、九条は鎌をかけた。

「別に、あとをつけ回さなくても、このあと売春の予定は入れてませんよ」

「バレてたか」

「可愛い弟ほったらかしにして、私のあとを追ってくる理由なんてほかに思いつきませんからね」

言いながら、九条は軽く朝輝のマフラーの先端をつついた。

年甲斐《としがい》もなくぽってりと毛糸の房のついたマフラーには見覚えがある。夕輝とお揃いだ。

「手作りですか、それ？」

「そう、ばあちゃんの。こないだ会ったら、母さんも、まだこれ巻いてたよ」

「言えたんですか？　可愛く笑って、ちょっと顔が見たかったって」

「……九条、人間は失敗を繰り返して、なんでもうまくなっていくものなんだ」

「喧嘩したんですね」

朝輝が頬を膨らませた。

まるで夕輝のような顔になったことに九条が笑っていると、負けじと朝輝も九条の痛い腹をつついてくる。

「そういう九条はどうなんだよ。あのメール、返事は来たのか？」

「来ましたよ。頑張るそうです」

「で、なんて返したんだ？」

朝輝のようなみっともない言い訳さえ浮かばず、九条は黙りこくった。

一難去ってまた一難。

客が相手ならば軽やかに携帯電話のボタンを押せるものを、大事な相手に伝える言葉は相変わらずだ。

「朝輝さんと一緒なら、もっとうまく返事できるような気がするんですけどね」

「俺にうまいこと言ってどうするんだよ」

マフラーの房をいじりながら朝輝も笑った。

そして、思いがけないことを言ってのける。

「でも、九条は本当にうまいこと言うな。九条に会ってから、俺は笑うことが増えた気がする」

家庭崩壊やユウナのことがなければ、常に呑気に過ごしていそうな朝輝の言葉に、九条は何を言ってるんだか、と本気にしなかった。

リップサービスか、それとも下手な嫌味だ。

「あ、信じてないだろ。一歩家から出たが最後、タバコのポイ捨てやメール打ちながら歩いてる人に一言言いたくなるし、電車に乗っていても心穏やかだったためしがない。同じ価値観の家族といるとき以外はいっつもお節介親父みたいに何かに文句言いそうになってたんだぞ」

羅列されると、納得はできる。

しかし、かといって四六時中しかめ面の朝輝も想像がつかず、九条はまた笑った。

「会社の方には愛されてるみたいですけど」

「俺は小言も文句も多いけど、貫禄がないから子犬がわんわん吠《ほ》えてるくらいにしか思われないんだよ」

「あんまり人様に吠えちゃいけませんよ、わんちゃん」

「み、みんなが吠えさせてるんだろー……」

悪戯《いたずら》っぽい笑みを浮かべると、朝輝が頬を赤らめて唇を尖《とが》らせた。

自分から言っておきながら、なんだかんだいって犬扱いはご不満のようだ。しかし、その拗《す》ねた顔も会社の話になるとすぐに柔らかいものになる。

「会社のみんなはいい人ばっかりで、俺も小言の言い方を変えるようになったよ。九条もそれと一緒。最初は水商売なんてって本気で思ってたのに、九条と話をしてると、いろいろ新しい発見があったりするんだ」

「お互い第一印象が悪かったから、見直す機会も多いんでしょう。今日の朝輝さんは輝いてましたよ。私も気が引き締まりました」

「九条に褒められると嬉しいんだけど、最近、もしかして俺が裏に込められた嫌味に気づいてないだけなんじゃないかってドキドキするよ」

「おや残念。褒め損ですね。だったらもういいです」

歩幅を広げて朝輝を置いていこうとすると、朝輝が慌てて肘を摑んできた。

待って待って、と取りすがる声が、仕事中の意欲的な声と違って可愛らしくて、つい九条の頬も緩みそうになる。

「嘘々、冗談。遠慮なくもっと褒めてよ九条」

「グーッド、グッドグッド」

「それ、犬褒めるときの言い方じゃないか……」

朝輝は呆れるが、白い息を吐きながら夜道をじゃれあう姿は、二人して子犬のような風情だった。

摑まれた肘を振りほどくことなく、九条は朝輝に微笑みかける。

「なんにしろ、貴方《あなた》の真剣な姿を見ていると、私もお客様ともっと心を寄り添わせたくなりました。是非、バレンタインイベント当日は、私の仕事ぶりも見に来てくださいよ」

「え、事務所は訪ねる予定だったけど、店にまで顔出してもいいのか?」

「ええ、是非。少し、成長したくなったんです。あなたに見届けてもらえるなら、励みになりますよ、朝輝さん」

心からの言葉に、しかし朝輝の笑顔は一瞬にしてかき消えた。

突然朝輝を彩った無表情に、九条は驚いて足を止める。

「成長か……俺もしないといけないんだよな」

九条をじっと見つめる朝輝の瞳は揺れていた。

そして、その唇が、九条にとって残酷な言葉を紡ぐ。

「九条、バレンタインイベント、ユウナは来るかな」

昔のままではいけない。成長しなければ。

そう朝輝を決心させるのは、結局恋人の存在なのか。

九条は何も答えずに朝輝を見つめ返した。

朝輝が、ユウナのホスト通いを知っていた驚きよりも、朝輝がユウナという名前を口にしたその事実に九条はショックを受けていた。

だが、今まで黙っていた恋人の名前を出したということは、朝輝がそれだけ九条を信頼しているということだ。そう自分に言い聞かせ、九条は抱いてはならない嫉妬《しっと》を夜風にさらわせながら静かにうなずいた。

「夕輝は本当におっちょこちょいでさ。確かに俺は最近クレジットカードの明細書見ないけど、さすがに開けた覚えのない封筒が開いてたら不審に思うよな。あいつの動向が怪しくなって、ミシェルに行ったんだってすぐに気づいたよ。まさかホストになって潜り込んでるとは思わなかったけど」

「ユウナさんのホスト通い、ずっとご存じだったんですか」

「知ってたよ。だから、クレジットカードの明細書も見なくなったんだ……いくら使ってるかなんて知りたくなかったし、知れば俺は結局、九条たちにそうしたみたいに、頭ごなしに責めて貶すしかできないんだ」

深夜のショコラバーには朝輝と九条以外にも客が二組いた。

テーブル席から、楽しげな談笑が聞こえてくる中で、朝輝の声だけが寄る辺のない寂しさを含んでカウンターの木目に吸い込まれていく。

家族がばらばらになり、楽しかった思い出が否定され、優しかった人々が金をせびってくる。

そんな中で、朝輝は必要以上にユウナとのデート代をけちるようになったらしい。ラーメン屋のデートに、ワンカットを二人で分けるクリスマスケーキ。割り勘の予定の日も、朝輝の吝嗇《りんしょく》ぶりは増していった。

固い表情に、笑い損ねた口元の歪《ゆが》みだけ残して朝輝は吐き捨てた。

「ちょっとでも、ユウナが嫌そうな顔したり、つまらなそうにしていないか、いつも観察してた。あのときは本当にどうかしてたよ」

「どうして、そんなことを観察してたんです」

「……ユウナもきっと、俺の金目当てなんだと、疑っていたからだ」

交際四年目。

お互い金には無縁で、だからこそ裕福になりたいねと話しあって、それなりに人生を楽しみ、夢を語り、貯金をしてきた。そんな二人の関係に、思いがけず転がり込んだ大金の重みでヒビが入るなんて皮肉な話だ。

九条はいつもミシェルで愚痴をこぼしていたユウナの横顔を思い出した。

ああやって、ホストらと喋《しゃべ》りながら、彼女の胸にはずっと朝輝のことがあったのだろう。

「ある日喧嘩になった。俺はいつもの調子だったよ。つつましい生活の何が不満だ、とか、金に目がくらむような人間になっちゃいけないとか。正論をかさにきて、言いたい放題だった。そうしたらユウナが言ったんだ」

「…………」

「そんなに金が邪魔で、あるとすれ違う人みんな金目当てに見えるなら、全部使っちゃえばいいのよ。そしたらすっきりするわよって」

朝輝の手にしたグラスの中で、氷が音を立てて揺れた。

二人してここに着いてから、水割りを頼んで以来ずいぶん経《た》つが、どちらのグラスもほとんど減っていない。

朝輝がちらりと九条を見た。

「九条、笑ってる」

「すみません。ユウナさんらしいなと思って」

「ははは、そうなんだよ。でも、そういって俺のクレジットカード目の前でひったくっていったんだから、めちゃくちゃ怖かったんだぞ」

それから一年、ユウナがどうやって朝輝の悩みの種であるあぶく銭を消費しているかは、九条のほうがよく知っている。

「九条、ユウナはミシェルで、どんな様子だ?」

「お話しできませんね」

「……ユウナ、楽しそうにしてる?」

「言えません」

「ユウナでも、ホストクラブだと男とはしゃいで抱きついたりするわけ？」

「朝輝さん、お答えできません」

まるで減らない酒が、二人の手の中で静かに揺れた。

意地悪のつもりはない。朝輝とつきあううちに、九条自身あらためてホストという仕事を大事にしたいと思った以上、客の店での動向を暴露するなんてことは、ようやく芽生えはじめたプライドが許さない。

そのことに、気づいてくれたのかなんなのか、朝輝はふっと困ったような笑みを浮かべた。

「……ユウナ、仕事にはうるさいし、厳しいし、だからホストもいい加減な奴は選ばなかったんだろうな。やっぱり、九条はすごい奴なんだよ」

大切な相手に、その恋人の行動を通して称賛されるのは、不思議な感覚だった。

喜べない代わりに、悲哀もないのは、一度たりとも自分の前で心底楽しそうな顔を、ユウナが見せてくれたことがないからかもしれない。

「俺さ、ユウナとの結婚資金用の口座持ってたんだけど、あれにビタ一文入れてないんだよね」

「……」

「あ、九条。こいつ最低って思ってるだろう」

おどけて言う朝輝に、九条は首を横に振った。

だが、笑い返すことはできなかった。

結婚資金。その言葉が、少し胸に痛かったのだ。だが、そんな九条の気持ちに気づくはずもなく、朝輝は溜息をこぼした。

「口座作ったときのタイミングが悪くてね。俺がお金恐怖症になる直前だった。でも、あの口座今がっつり残高貯まってるんだ」

「ユウナさんが、マメに入れてるんですか？」

「うん。……毎回ホストクラブに行った翌日に、多分似たような額振り込んでるんだよ。わかってるのに、結局今までユウナと向きあえなかったんだ」

「あなたらしくありませんね。弟のために、嫌いなホストクラブにまで乗り込んできたのに」

「いくら最初は俺との喧嘩が原因っていっても、嫌いなところに一年も通えないだろ。ユウナがミシェルに行く頻度《ひんど》が増えれば増えるほど彼女が楽しんでることに気づいてさ」

情けない笑みを漏らすと、朝輝はぺたりとカウンターに額を押し付けた。まるで酔っ払いだ。しかし、この弱音をずっと抱え込んでいたのだろうと思うと、九条はその丸まった背を撫でたくなった。

……撫でればきっと、もっと触れたくなるだろうからやめておいたが。

「家族もばらばらで、ユウナまで俺のとこから離れていくんだなって思うと、ちっとも彼女と向きあう勇気がでなくてさ。でも俺だけがいつまでも立ち止まってちゃいけないよな」

「向きあうことの恐ろしさは私もわかっていますから、応援してますよ」

「なあ九条」

まだ一口しか酒を飲んでいないのに、まるで酔っ払いのようにだらしなくカウンターに上体をもたせかけた姿で、朝輝が言った。

「笑ってくれないか。いつもの、ちょっと意地悪な笑顔でいいからさ」

人に笑顔を要求しておきながら、朝輝の顔は少し寂しそうに歪んだままだ。

九条は黙ったまま、そっと朝輝に向かって手を伸ばした。そして、朝輝の頰肉を摘んで引っ張ってやる。

「いひゃい」

やわらかな頰が朝輝の口角を釣り上げ、ほんの少し笑顔のような角度になる。

「美味しいチョコレートでも食べれば、私も少しは笑顔になれるかもしれませんね」

「……言っひゃな？　男に二言はないぞ九条」

朝輝は頰を摘む九条の手を振りほどき、カウンターの奥へ身を乗り出した。

少し、赤くなったその頰を見つめながら、九条は朝輝の注文に胸をときめかせた。

今日はどんなチョコレートが出てくるのだろうか。

優しく甘い香りが、朝輝の尖った心も包んでくれるといいのだが。

しかし、朝輝が何やら注文してから、比較的すぐに出てきたメニューからは、期待していた香りは漂ってこなかった。

「朝輝さん、これは私に対する、可愛く笑うとか気持ち悪い冗談は止《よ》せ、という抗議でしょうか」

鼻腔《びこう》をくすぐるのはコーヒーの匂い。

手元にあるコーヒーカップには、見慣れた黒い液体が注がれており、少しブランデーが入っているのか、かぐわしい香りが二人の間に満ちた。

嫌いではない。しかし、朝輝にも笑顔になって欲しくてチョコレートを頼んだ身としては物足りない。

「ち、違う違う。むしろ満面の笑顔狙《ねら》いだぞ。カフェロワイヤルってあるだろ、あれをアレンジしてみた試作品なんだけど」

朝輝の弁解を聞くうちに、カウンタースタッフが角砂糖の乗ったスプーンを二つ持ってきてくれた。

カフェロワイヤルは、ブランデーを染みこませた角砂糖に火をつけ、コーヒーにその香を垂らすカクテルの一種だ。

角砂糖が青い炎に包まれる様がロマンチックだと女性にも人気で、ミシェルでもメニューに出している。

しかし、目の前に現れた角砂糖はブランデーを染みこませたというより、キューブチョコレートを代わりにスプーンに乗せたかのようなこってりとしたこげ茶色だ。

「ブランデーの代わりに、カカオリキュールですか？」

「当たり！　あとそれから、コーヒーにも少しチョコレートを溶かし込んでるよ」

朝輝の説明を受ける間も、スタッフは砂糖に火をつける準備を整えていく。

そして、ついにその手がマッチを一本擦った。

リキュールをたっぷり吸いこんだ角砂糖はしっとりと輝いていて、これから起こる香りの変化に胸が高鳴る。

さっそく九条のカップに近づいてきた火元を、朝輝も一緒になって覗きこんできた。

「火傷《やけど》しますよ」

「九条の副業の火遊びにくらべたら、マッチの火くらい可愛いもんじゃないかな」

「またその話ですか。朝輝さん、そろそろペナルティ制にしましょう。私の副業を三回話題に出すにつき一回、また私の共犯者になってもらいますよ」

「えっ……」

朝輝がぎょっとしたように目を瞠った。

二度、体を重ねはしたが、朝輝はそのうち日向《ひなた》に戻っていく男だ。朝輝が嫌悪する不道徳な行為に、本当のところは近寄りたくないだろう。

少し嫌な顔をさせてやりたくてそんな脅しをかけたのだが、口に出してしまえば九条のほうが傷ついた。

これではまるで、朝輝との経験が罰ゲームだったかのようだ。

瞳を見開いたままこちらを見つめる朝輝と、気まずい思いをいつものポーカーフェイスの下に押し込めた九条の間で、カップの一つにマッチの火が近づいていく。

すぐに、今の失言も朝輝の反応も、角砂糖が燃える華やかな演出が消し去ってくれるだろう。

角砂糖がマッチの火を拾う。

一瞬だ。

薄暗い店の中で、艶《つや》やかな茶色に輝いていた角砂糖がぱっと炎に包まれ、青と赤の炎が手元を照らす。

一瞬にして沸騰した水分や酒が小さな気泡となって砂糖の粒を包み込み、冷たく硬質的な雰囲気を放っていた角砂糖が、チョコレートの香りが凝縮された液体へと姿を変えていく。

コーヒーの湯気に、ブランデーの香りが絡みあい、九条の鼻腔を、肺を、食道を、いたるところを這いずりまわる。

匂いだけで酔ってしまいそうな馥郁《ふくいく》たる香りの中で、泡となり果てる儚《はかな》い砂糖の姿を見つめているのは確かにロマンチックだ……と、らしくもなくその光景に見とれていると、傍らで唐突に耳障りな音が鳴り、九条は現実に引き戻された。

「朝輝さん?」

隣で、朝輝がスツールを蹴《け》り飛ばすようにして立ち上がっていた。

眉をしかめ、鋭い瞳で炎の消えゆくスプーンを見つめている。

九条の呼びかけに、微かに揺れた瞳が一度だけこちらを見たかと思うと、朝輝は慌ただしくスツールにかけてあったコートを手にとり、マフラーを引っ摑んだ。

「ごめん」

「えっ？」

「ごめん、先に帰る！」

突然の言葉に、九条はただぽかんと朝輝を見守るほかなかった。

まるで食い逃げのような勢いで店を出ようとするその背中を見て、はっとなってようやく九条も立ち上がる。

すぐに戻る。と、カウンターのスタッフに目配せをして、九条は朝輝を追いかけた。

幸い、コートを肩にかけたり、自分で開いた扉にぶつかったり、と忙《せわ》しない朝輝は、九条が後から店を出てもまだもたもたと階段のあたりにいる。もはや、九条が追っていることにさえ気づいていないらしい朝輝の、階段を降りようとうつむくその横顔は真っ赤に上気していた。

わけがわからず、九条は朝輝の腕を摑んだ。

「朝輝さん、どうしたんですかいったい。私が、何かしましたか？」

そんな不安が口をついて出るが、朝輝は「まさか」と答えたあと、九条と目もあわせられずに視線を泳がせた。

古ぼけたビルの廊下は、冷たいコンクリート壁のおかげで冷え込んでいる。

しかし、白い息を吐く朝輝は額に汗さえ浮かべて顔を赤らめたままだ。

「ごめん、急に。大事なことに気づいたら、なんかいてもたってもいられなくなっちゃって」

「大事なこと？」

朝輝からは、九条への嫌悪や怒りは感じられない。本当に、何か気分を害したわけではないと気づき安堵はしたものの、やはり朝輝の本音はかけらも摑めないままだ。

長い間ホストという仕事に従事して、人の顔色やわずかな仕草、表情の変化からその内面まで推し測ってきた九条にとって、朝輝のうろたえたような、しかしどこか照れたような表情は未知のものだった。

その、未知の表情の真ん中で大きな瞳を輝かせ、朝輝がようやく顔を上げる。

「く、九条。さっきの、本当か？　家族のことも、ユウナのことも、向きあう俺を応援してくれるって……」

「ええ」

何を考える必要もない。仕事のときのように、言葉を発するタイミングも、相手を喜ばせる形容詞も必要ない。ただ、心のままに答え、九条は深くうなずく。

だが、そのすなおな気持ちに、朝輝が思いがけない矢を放ってきた。

「俺、ユウナとちゃんと話しあおうと思うんだ」

とっさに、九条は朝輝の腕を離してしまっていた。

しかし、朝輝は気にせずに続ける。

「今まで、俺はこれ以上大事なものが変化するのが怖くて逃げてばかりいたけど、ユウナとのこの一年をちゃんと見つめ直したいんだ。彼女と会って、話をして、誰かを好きだと思う気持ちを取り戻したい」

「取り戻す……、好きだという、気持ちを？」

「こないだ、九条はお母さんに頑張ってメールの返事したんだから、次は俺が頑張る番だろ？」

冷えた空気が、九条の中にまで染みわたってくる。

朝輝の「頑張る」の意味を、九条は考えたくなかった。

瞳を輝かせ、勢い込む朝輝の姿からは、女と別れ話をする男の暗さが見当たらないからだ。

このまま、朝輝はユウナのもとへ行ってしまうのか。

彼女の不実をなじり、同時に己の不甲斐なさを詫び、そして一年という辛い時間を経てようやくわかりあえた二人は……。

九条は、唇を震わせた。

胸に、とても卑怯《ひきょう》な言葉が浮かぶ。

売春話を持ち出せば、このまま居続けてくれるのではないか？

この一言で、朝輝をユウナの元へ行かせずにいられるかもしれないと思うと、その魅力にめまいを覚えた。

朝輝が好きだ。

九条は自分の中の醜い言葉を押し流すように、胸のうちでそうつぶやいた。

朝輝が好きだ。だから、彼に嫌な思いをさせることなど言いたくない。と自分に再度言い聞かせ、ようやく九条は笑みを浮かべることができた。

「恋人のために駆け出す姿はなかなか格好いいですが、今二時ですよ」

「あっ……」

「仕方のない人ですね。ところで朝輝さん、特定のお客様の話はできませんが、世間話くらいならできますよ」

九条の言葉に、朝輝が首をかしげる。

「最近、私のお客様に、資格試験の準備で遅くまで起きてる方がいるんです。今もきっと起きてるでしょうね」

「九条……」

「いい話ができると、いいですね。応援してますよ。頑張ってきてください」

「ありがとう！」

思った以上に、いつも通りの声で言うことができた。

そのことにほっとした九条の目の前で、朝輝もほっとしたように表情を緩める。

ささやかな礼の言葉とともに、朝輝は再び夜の街へ飛び出していった。

階下から、冷たい空気が吹き上げてきた。去年の秋、朝輝がミシェルにやってきたときは迷惑な闖入者でしかなかったのに、冬も盛りの今、九条にとって朝輝はかけがえのない存在になってしまっている。

そのことが感慨深くて、九条は朝輝の足音が聞こえなくなるまで廊下に立っていた。

体が冷えはじめたころ、一人ショコラバーに戻ると、カウンターには、まだカフェロワイヤルが置かれたままで、スタッフが心配そうに九条の様子をうかがっていた。

「お客様、新しいもの、お出ししましょうか？」

「いえ、まだ温かいので、これでかまいませんよ」

最初はただのコーヒーだった黒い湖面から、今はチョコレートの香りが立ちのぼっている。

儚く消えゆく角砂糖とチョコレートの香りに、朝輝はきっとユウナのことを思い出したのだろう。

甘く優しいチョコレートの味わいに、九条が朝輝を思い出すように。

二人の関係がどう転ぼうと、朝輝はきっと結果を九条に教えてくれるに違いない。それを、心穏やかに聞く度胸が自分にあるだろうか。

九条はじっとコーヒーを見つめながら考えた。

好きな相手とつきあって、二人仲良くずっと一緒にいる。忙しさと疑似恋愛にかまけてきた九条は、そんな夢を抱いたことも見たこともない。

人と必要以上に距離をおいていた九条にとって、片思いの距離は十分に温かい場所だ。だから、朝輝ともこれ以上のことは求めていないし、想像もしていない。

大丈夫。

チョコレートの香りと、朝輝の笑顔があれば、きっと自分は大丈夫だ。

九条よりも一足早く、自分が背を向けてきたものと向きあい、一歩踏み出せる朝輝を祝ってやれるに違いない。

そんな風に胸のうちで繰り返すと、ようやく九条のざわついていた心は落ち着いてきた。

誰かのために真剣に思い悩めるなんて、自分も成長したものだな。

と忍び笑い、九条はコーヒーに口をつける。

チョコレートの香りのするそれは、九条の胃を温めてはくれたが、ひどく苦かった。

騒がしい夜は実に長かったが、一人で帰る街路はすっかり静まり返っていた。

煌々《こうこう》と看板の輝くコンビニや風俗案内所の周辺に、顔見知りが数人たむろしている程度の深夜の街を、九条は携帯電話を片手にのんびり歩いているところだ。

朝輝の突然の決意には狼狽《ろうばい》させられたが、しばらくチョコレートの香りに包まれた時間を過ごすうちに、すっかり心は穏やかに落ち着いていた。

こうして冬の夜を一人でいても、鼻腔に残るチョコレートの香りのおかげで気分もいい。

そのせいか、こんな時間にかかってきた電話にも、九条は愛想のいい声で応対していた。

「こんばんは。大丈夫、起きてますよ。いい夜ですね」

声こそ機嫌はいいものの、九条の意識は半分ショコラバーに置いてきたままだ。

ふわふわしたチョコレートの香りに包まれながら、朝輝の決意の表情を思い返し、誰かを心から応援できる自分の気持ちに少し浮かれている。

そんな九条の耳に飛び込んでくるのは、沢内の声だった。

『ああ、九条くんが電話に出てくれたんだから、いい夜だよ。ところで最近、うちの紫麻がずいぶん世話になってるね』

社交辞令の中に、朝輝の話題がそうやって紛れ込むことさえ心地よくて言葉を交わすうちに、沢内がお茶にでも誘うような気軽さで言った。

『それより、急に目がさえちゃったんだけど、九条くん今どうしてる?』

「おや、お可哀想に。ぐっすり眠れるよう、おまじないでもしてさしあげましょうか?」

『いいね、濃くて甘くて、うっとりするようなおまじないを、会って直接かけてもらいたいもんだよ』

わかるだろう？　と畳み掛けられ、九条は立ち止まった。

傍らに、ちょうどシャッターの降りた携帯電話ショップがある。あたりはネオンサインにきらめき、あと二時間もすれば朝のミシェルの営業時間が始まる。その間、ミシェルで仮眠しようとしていた九条にとって、沢内の誘いは今までならまたとないチャンスだった。

中途半端な時間をセックスでつぶし、ついでに懐《ふところ》も潤《うるお》う。

人の金でシャワーまで借りて、そのままミシェルに出勤できるのだから、何を返事に迷うことがあるだろうか。

しかし、九条は何も答えず、静かに瞼《まぶた》を閉じた。

別の男を相手にしようとしたとき、覚えずキスを拒んだことを思い出す。すると、自然と九条の体は戦慄いた。

朝輝に求められ、朝輝と交わった体温もチョコレートの香りもまだ記憶の奥深くにとどまっている。

キスと同じだ。今沢内の誘いに応じれば、その記憶は消えてしまうかもしれない。

好きな人と、肌を重ねることができたという貴重な記憶が。

「おやすみなさい沢内さん。よい夢を」

それだけ告げると、電話の向こうから苦笑が聞こえてきた。

『そう、残念だ。おやすみ九条くん、君もよい夢を』

あっさりとそう言って、沢内のほうから電話を切ってくれた。

通話の切れた音を聞きながら、九条はそっと携帯電話を耳から離す。

そして、長いつきあいの携帯電話をじっと見つめた。

父母からのぎこちないメールをいつも受け止めてくれた電話であり、九条の不器用な返信を発信し続けた電話であり、そして電話帳にも履歴にも、たっぷりと副業の足跡が残る電話だ。

電話の電源ボタンを押し、九条は傍らの店舗に顔だけ向けた。

携帯電話ショップのシャッターに、黒々と書かれた開店時間を見つめる九条の手の中で、ボタンを押し続けた携帯電話の液晶パネルは、ゆっくりとその輝きを失ったのだった。


二月十四日、午後十時を回ったあたりで、九条は限界を感じて席を立った。

従業員用フロアまで足を延ばすと眉間を押さえて、血液すべてがチョコレートになったかのような重たい体から、これもまたチョコレート臭い嘆息を漏らす。

ついにやってきたバレンタイン当日。

イベント日のミシェルはチケット制で、いつもより割安だからと客も多い。

昼の閉店時間さえ持たず、一日中回転している店内では、嬉しいことにチョコレートフォンデュも、出張ショコラバーと称したカクテルブースも盛況だ。

ちらほらと、チケットではなく普段通りの価格設定のメニューを楽しむ客もいるが、総じて盛り上がっている彼女たちの勢いに押されて、ホストらの肉体はチョコレートも酒も許容量をとうの昔にオーバーしていた。

「歳《とし》かな」

思わずつぶやいた九条は、通路でぐったりとしている夕輝の姿を見て、あれよりは若いか、と自嘲する。

「夕輝、あと二時間、もうちょっとの辛抱です」

「ふ、ふぇあああい……」

背中を押してやると、自分で自分の頬を叩きながら夕輝がふらふらと店へ戻っていく。

最近、夕輝の態度が変わった気がする。

昔と変わらぬ甘え上手なところはともかく、掃除だけがうまい、そんな評価は返上して、ホストらしさが垣間見えた。そのうち強力なライバルになるかもしれないと思うと憎たらしいが、同時に頼もしくもある。

是非、このチョコレートまみれのイベントに心が折れて辞めてしまわれないよう、あとでたっぷり今日の接客態度を褒めてやろうか。そんなことを考えながら、九条も洗面所で口をゆすぐ。

トイレに同僚が籠《こも》っている。

今日一日で食べきってしまいそうだ、といってハッカのタブレットを噛みしめているものもいる。

そんな彼らを、一人一人「あと二時間だ」と励ましていると、事務所から店への通路に、朝輝が現れた。

「おや、朝輝さん。いらしてたんですか」

つい、声が弾みそうになるのを抑えながらいつものように挨拶をすると、朝輝は店の盛り上がりに耳を傾けながら近づいてくる。

チョコレートファウンテンの件が気になっていたのか、朝輝の会社からは朝から交代でスタッフが待機してくれていた。朝輝のことだ、そのうちその社員らに紛れて、自分の仕事の成果を見に来るだろうことは予想していたが、思いのほか遅いご到着だ。

「ごめん、なかなか話しあいが終わらなくて。それにしても、平日なのに、朝も昼もどこからあれだけ女の子がやってくるんだって社員がびっくりしてたけど、盛況みたいだね」

通路にいても、店の熱気は伝わってくる。

はしゃいだ声、笑い声、そういった明るい音の渦が、ミシェル全体を揺らしているようだった。

「ええ、みなさん楽しんでいってくれてますよ。少し店の中、ご覧になられますか?」

「やった、楽しみにしてたんだ」

ぱっと、朝輝の顔が輝いた。

あの夜以来、朝輝とは特にこれといった話をしていない。

一度だけ、ぽろりと「ユウナ、休暇がないみたいなんだけど大丈夫かな」などと漏らしていたのだが、大方時間がないなどと言われて会えずじまいなのではないか。

同様に、今日までにときおり顔を見せていたユウナの愚痴は、実際朝輝の話よりも仕事の忙しさのほうが多かった。

せっかく朝輝が覚悟を決めたというのに、ユウナのほうは時間も覚悟も足りないのかもしれない。もっとも、ホストクラブに来る暇だけはあるようだが。

シャンデリアの下にはバーカウンターとチョコレートファウンテンを設置しており、ホストにエスコートされた女性客が数人、今も群がっている。

屈託のない笑みを浮かべ、何をチョコレートに浸そうかと、フルーツやスナック菓子といった素材を選ぶ客の姿は実に楽しげだ。

しかし、朝輝とともにそちらへ向かおうとした九条は、スタッフの一人に呼び止められた。

指名です。

その言葉に、九条より朝輝が先に反応する。

「あ、悪いな九条、仕事中なのに案内してもらっちゃって。適当に店の様子見たら、事務所に引っ込むから放っといてくれて大丈夫だぞ」

「ありがとうございます。いつかの夜のように、夕輝を連れて帰ろうとして暴れたりしないでくださいね」

「ははは、なんかそれ、懐かしいな」

すっかり昔の記憶と成り果てたらしい出会いの夜を、朝輝は明るく笑い飛ばすとさっそくチョコレートフォンデュコーナーへと大股《おおまた》で歩いていってしまった。

その背中は颯爽《さっそう》としていて、この店にたちこめる偽りの享楽を、朝輝はもう嫌悪していないようだ。

自分のいる世界を、朝輝が認めてくれている。それを嬉しく思いながら呼び出しのスタッフに向き直った九条は、しかしすぐに和らいでいた表情を緊張させるはめに陥った。

「指名は、何番テーブルです？」

「六番です。ユウナさんが来てくれましたよ」

常連客の一人だ。さぞや九条は喜ぶだろうと思ってスタッフはそう言ったのだろうが、九条は危うく店の中で険しい表情を見せるところだった。

一瞬、店の真ん中に向かった朝輝の背に視線を戻す。六番テーブルは店の壁際で、チョコレートフォンデュからは遠い。

「忙しいところ悪いんだが、朝輝さんを見ていてくれないか。なるべく、六番テーブルに近寄らせないように案内してさしあげてくれ」

つい、そんな面倒ごとを頼んで六番テーブルに向かった九条の胸のうちは複雑だった。

朝輝をユウナのもとに近寄らせまいと思ったのは、会えば騒ぎを起こすかもしれないからだ。せっかくのイベントの夜、最後の二時間を嫌な空気で終わらせたくはない。

だが、それだけだろうか。

九条の中に、あの夜一人ショコラバーで胸の奥底に沈めたはずの醜い感情が、再び顔を覗かせてはいないだろうか……。

テーブルにつくと、夕輝がユウナの相手をしている姿が目に飛び込んできた。

夕輝なりに努力はしているのだろう、明らかに緊張しているが、表情だけはにこやかだ。

そんな二人に近づきながら、九条もいつもの顔を取り繕う。

「ユウナさん、お待たせしました。来てくださったんですね」

隣に座ると、いつものように質素なカーディガンとタイトスカートという仕事帰りの格好をしたユウナが、嬉しそうにグラスを掲げてきた。

「もっと早く来るつもりだったんだけど、ちょっと野暮用が長引いちゃって。それにしても盛況ね、すごいチョコレートの香りだわ」

「野暮用に感謝しましょう。もう少しユウナさんのお越しが早ければ、今頃私は五分と一つ所にいられないほど引っ張りだこでしたから」

悪戯っぽく微笑みながら、しかし九条は笑うユウナの横顔を奇妙な心地で見つめていた。明るい。

いつもの、どこかに陰のあるあの笑顔ではなく、今夜のユウナの笑顔は無邪気でさえあった。

「ユウナさん、何か良いことでもありましたか？　なんだか……肩の荷が下りたような顔なさってますけど」

「よくわかるわね。ちょっといろいろ気持ちの整理もついたし、身軽になったから今日は私、祝杯の予定なのよ」

「ユウナさんの祝杯を、私が注いでよいものかどうか……」

「えー、祝ってよ。職場でも言えないような祝杯なんだから。今日は現金払いなのよ、ありがたい客でしょ？」

冗談めかしてそういうと、ユウナは店にたちこめるチョコレートの香りに見向きもせずに、まだウィスキーが残ったままのグラスを手に次の注文をした。

「とりあえず、ドンペリの白お願い」

「ありがとうございます。こちら、ドンペリ頂戴《ちょうだい》しました」

張り上げてもまだ静かさのある九条の声が、盛り上がる店内に響きわたる。

この店のどこかに、まだ朝輝がいるかもしれないと思うと、ちくちくと胸が痛む。

人のカードを使っている気おくれか、はたまたもともとの性分か、ユウナはみんなに酒をふるまい金を湯水のように落としていくタイプではない。ドンペリコールの経験もあるが、何回やっても慣れない様子で九条たちを見つめていたものだ。

しかし、数人のホストでドンペリコールをしたあと、あっと言う間にボトルの中身がほとんどなくなった酒瓶を前にしても、今夜のユウナはご機嫌顔だ。

「長く通ってくれていますけど、ユウナさんは未だに私にとって魔性の女性ですよ」

「ど、どうしたのよ急に」

「だってそうでしょう、あなたを笑顔にしたくて躍起だったのに、笑顔のあなたを前にしても、その本音に近づけないんですから、もどかしい……」

「ち、ちゃんといつも楽しんでるわよ。やめてよ、嘘ってわかっててもなんか恥ずかしいじゃない」

「どうして私が嘘をつかなきゃならないんです？」

みるみるうちに減っていくワインを味わいながら、ユウナはよく喋った。

言葉通り、肩の荷が下りたような気楽な声音は、いつもの鬱屈したものを感じさせた音と違って耳に心地いいほどだ。

朝輝もかつては、彼女のこんな声音に心躍らせていたのだろうか。

すっかりワインを飲み干し、相変わらず瞳に不安の影を宿した夕輝が「次、どうします」

と水のグラスを差し出し話に割って入ってくるのと、背後からスタッフが九条に声をかけるのは同時だった。

「あの、九条さん。指名です」

九条が振り返り、ユウナもつられるように顔を上げる。

問題が起こった。そんな色を隠しもしないスタッフに、不安を覚え眉をひそめながら九条は立ち上がり、そしてスタッフの手が向かいの席に差し向けられていることに気づく。

指名です。と、また耳元で言われ、九条は自分の背後でユウナが息を飲む音をはっきりと聞いた。

「は、はぁ？　何、やってんのよあいつ……」

ユウナの声が、震えながら向かいの席へ飛んでいく。

しかし、ユウナが言わねば、同じ言葉を九条自身が吐いていたに違いない。

観葉植物やソファーの配置で、余所《よそ》の席が気にならないよう工夫は凝らしているものの、すぐ向かいの席同士ならば顔くらい見える。

困り顔のホストをはべらせ、ソファーにでんと腰を下ろしこちらを見ていたのは他ならない朝輝だった。

射るように九条とユウナを見つめるその表情に笑顔はない。

もっと強く、スタッフにこの席に朝輝を近寄らせないよう言えばよかった。そんな後悔と同時に、九条は恐怖を覚えていた。

いったい、朝輝は今から何をしでかす気なのか。

三度、指名です、とスタッフに言われ、九条は何も考えられないまま、数歩で朝輝の元へとたどり着く。

「何をなさってるんですか朝輝さん」

ホスト顔を微かに歪める九条を見上げ、朝輝は隣に座るよう顎《あご》をしゃくった。

常連客であるかのような堂々たる夜遊び態度だ。

「九条、あっちの席の人、何頼んだんだ？」

九条が腰を下ろすと、朝輝はちらりとユウナのほうへ視線を送った。

「見ての通りですが……」

「ドンペリ？　白、ロゼ？」

「余所のテーブルのことよりも、お客様は何がお飲みになりたいんです？」

矢継ぎ早な朝輝の質問を断ち切るように、九条はホスト顔を保ってうやうやしく尋ねた。

なんとか主導権を握ろうと、わずかに微笑みを浮かべる。

「じゃあ、ドンペリロゼ。俺、ドンペリコール初めてだから楽しみ！」

「………」

九条は立ち上がると、ユウナのときと同じように声を張った。

「こちらのお客様より、ドンペリピンク頂戴しました」

わらわらと集まってきた手の空いたホストらが、ドンペリコールの相手を見て目を丸くしたが、九条は質問も冗談も許さぬ空気を作りボトルを傾ける。

朝輝が手にしたグラスに酒をそっと注ぐと、いつもより気あいが入っている気がするドンペリコールが高らかに店を賑わせた。

視線が痛い。

はべる九条か、それともあてつける朝輝か。

そのどちらかを、ユウナがじっと見つめているのを感じる。

「いけない人ですね朝輝さん。大人しく、事務所でお座りしていられなかったんですか」

「ユウナが、呑気に九条を指名して楽しんでるのに、俺にだけ事務所に帰れっていうのか?」

あのショコラバーで共に過ごした夜。

朝輝がユウナのために駆け出した姿を思い出し、九条は何も言い返すことができなかった。

「ごめん。でも、ユウナが九条と楽しそうに笑っているのを見たら我慢ができなくて……」

朝輝の視線が、再びユウナへと向けられる。

強い、かつてこの店に初めて来たときのような鋭い眼光。

しかし、九条はその視線を追えなかった。

今、二人の視線は絡みあっているのだろうか。どんな思いを込めて見つめあっているのだろうか。

「朝輝さん……」

これから、一歩踏み出す朝輝を応援すると自分は言ったのだから、傷ついている場合ではない。

そう自分に言い聞かせ、朝輝に呼びかけた声は我ながら感心するほどいつも通りだった。

きっと、表情も身に染みついたいつもの商売顔をしてくれているに違いないと願いながら、九条はささやく。

「いつかの夜のように、夕輝を連れて帰ろうとして暴れたりしないでくださいね。そうお願いしたじゃありませんか。今度はユウナさんですか」

「夕輝を連れ帰るのと、ユウナを帰らせるのとじゃあ、全然違うよ九条」

朝輝の言葉が、九条の胸に重たく響く。

九条の片思いなど知るはずもない朝輝は、ユウナを連れて帰るのか、という九条の言葉を結局一切否定しないまま、ワインの注がれたグラスを近づけてきた。

「とりあえず、ハッピーバレンタイン」

誘われるままにグラスをあわせると、ガラスのぶつかりあう軽やかな音が鳴った。

その音に、かろうじて九条のホストとしての意識は持ち堪《こた》えられる。

「九条、せっかく指名して、ボトルも入れたんだし、なんか口説いてみせてよ、俺のこと」

「なんですか藪《やぶ》から棒に。あなたみたいな真正直な人を口説くと、本気にされてしまいますから、私はあまり口説き文句は使わないんですよ」

「そ、そうなんだ、難しいもんだな。参考にしようと思ったんだけど」

むっと眉をひそめてワインを傾ける朝輝に、九条は笑みを浮かべた。

九条の言葉を参考にして、ユウナと向きあうつもりだったのだろうか。そう思うと辛いのだが、ひとたび辛いと思えば仕事中にもかかわらず表情が崩れてしまいそうで、懸命に口元を笑みに歪めるしかない。

一緒になってグラスを傾けるが、舌が麻痺《まひ》でもしたように、ワインの味はわからなかった。

「朝輝さん、何をムキになってるのか知りませんが、私の指名の取りあいなんてしていては、ユウナさんを怒らせる一方ですよ」

「九条こそ、客の前で他の女の話なんてしていいのか？」

「おや、あなたみたいな唐変木に、ホストのなんたるかを指摘されるとは思いもしませんでしたよ」

「だって、せっかく俺が指名してボトルまで入れたのに、九条はさっきからユウナの話ばかりじゃないか」

ワインで口を湿らせながら不満げに言う朝輝に、九条は反論のため唇を開いた。

しかし、考えてみれば朝輝の言葉はもっともだ。

「いいでしょう、他の話をしましょうか。例えば……一応仕事でお越しなのに、遊んでていいんですか朝輝さん？」

「明日自首するよ」

「また自首ですか」

懐かしい言葉は、九条の不安をちくちくと刺すばかりだ。

あの頃は、こんなにも朝輝に惹かれるなんて思っていなかった。

そして、こんな風に朝輝とともにいることが辛い日が来るとも、思っていなかった。

なんとか仕事の話やバレンタインの話で会話を弾ませてみたものの、再び店内に「ドンペリ頂戴しました」の声がかかり、九条は青くなった。

まさか、と思い振り返ると、ユウナの席で夕輝が立ちあがっている。

「え、何っ？」

「朝輝さんすみません、あちらでボトルが入ったので、少し行ってきます」

気まずさが深まる中、九条は立ち上がった。

朝輝との沈黙は破られたものの、その相手がユウナとなると、意味深で不安は深まるばかりだ。

一瞬、朝輝の指先が立ち去ろうとした九条の袖を追ってきたが、そのささやかな感触に振り返れば、もう二度とこの席を立てなくなりそうで、九条は急いでユウナの元へと向かう。

すっかり笑顔の剝《は》げたユウナは、九条を見るわけでもなくソファーで腕を組み、ワインと九条の到着を待ちわびていた。

「すみませんユウナさん、ボトル、ありがとうございます。今日はピッチが速いですけれど、大丈夫ですか？」

「ええ。大丈夫よ」

素っ気ない返事を聞きながら、九条は届いたボトルを手に取り、息を飲んだ。

ドンペリゴールド。

ミシェルでは、朝輝の頼んだロゼの三倍以上の価格設定をつけたそれは、普段ホスト遊びにしてはつつましい金遣いのユウナに似合わぬものだった。

ユウナがミシェルに通うようになって一年。これほどの高額の注文は初めてだ。

なぜ急にこんな注文を……。

一年、積もり積もった感情も、不満も過ちも、九条を通して二人でぶつけあう気ででもいるのだろうか。

「ドンペリゴールド、頂戴します」

なんとか声を絞りだすと、今度は朝輝の視線が背中に突き刺さるのを感じた。

二人の不思議な距離に挟まれて、九条の居場所はあいまいだった。

「一生機会はないと思ってたけど、けっこう美味しいものね」

いかにも不味《まず》いものを飲んだような顔をして、ユウナがそんなことを言う。

表情が険しいのは、初めての高額ボトルへの緊張のせいだろうか。それとも、朝輝への何らかの感情から来るものだろうか。

真意をはかりかねたまま、九条は提案した。

「ユウナさん、お席替わりましょうか」

「いいえ。けっこうよ。守銭奴が珍しく散財するのを眺めながら飲むのも乙だもの」

余裕げなことを言いながら、ぴたりと朝輝と睨みあうその視線は、まるで警戒をあらわにする獣のようだ。

彼女は知っているのだろうか。朝輝が、もう彼女から逃げまいと誓ったことを。

ユウナと朝輝との距離はわずか数歩。しかし、その心の距離はきっともっとずっと近くて濃いに違いない。

少なくとも朝輝は、好きではないはずのホスト遊びに興じてまでユウナと向かい合おうとしている。

九条への指名を通して、彼女に何かを伝えようとしている。

その事実が、九条の胸に刺さりひどく痛んだ。

二人の親密な距離に迷い込んだ心地で、九条は懐かしい言葉を思いだしユウナに尋ねた。

「ユウナさん。バカなことしてるというのは、本当にミシェルへ来ることだったんですね」

「………」

「どうりで、私ではあなたを笑顔にできなかったはずです」

堅いユウナの表情が、ヒビでも入ったかのように微かに歪む。

彼女を笑顔にできるのは、きっと朝輝だけだったのだ。

そんな感慨が胸に浮かぶと同時に、九条の中に凍えるような嫉妬が湧きだしはじめる。

このまま、何を言いだすかわからない自分に怯えながら九条がユウナの返事を待っていると、二人の沈黙を破るように再び店内が沸いた。

「こちらのお客様からルイ十三世を頂戴しました！」

すぐ傍《そば》で聞こえてきた声に、九条は青くなって恐る恐る首を回した。

朝輝のテーブルだ。

華やぐ女性客らの声が、有名な高額ボトルの乱発に我も我もとはしゃぎだすのがひどく遠くの出来事のように聞こえる

「えー、なになに、九条の指名合戦やってるの？」

「九条ばっかりずるーい、私もエイリにルイ入れるー」

あちこちから聞こえてくる客の楽しげな声に、九条は立ち上がりながらあたりを見回した。

エイリの席から聞こえてくるドンペリコール。カクテルブースで、新米ホストに酒を造らせて笑っている客。

女性客がはしゃぎ、ホストらが調子のいいことを言っている。

九条が、今まで大切にしてきた光景だ。

しかし、シャンデリアの柔らかな色彩に照らされたその光景を眺めるうちに、九条の表情からはするりと笑顔が抜け落ちていった。

わずか数歩先で、朝輝がじっと九条を見つめている。

その、ホスト遊びを満喫する姿は、初めて来店した日と違って店内に満ちている空気によく馴染んでいた。

そう気づいたとたんに、九条の鼻腔からチョコレートの香りが消えていく。

ルイ十三世は、スタッフが在庫を探しに行っているのだろう、まだ到着していない。

今、朝輝は客だ。

九条を指名し、高額ボトルまで入れてくれているのだから、早くその隣に腰掛け、朝輝のことも笑顔にしてやらねば。

そうわかっているのに、九条はこれ以上あの席に座っている朝輝を見ていたくないと思ってしまった。

そんなことを考えたせいで表情が嫌悪に歪みでもしたのか、こちらを見ていた朝輝がぎょっとしたように目を見開いた。しかし、そんなことに頓着《とんちゃく》する余裕もなく、九条はこめかみを押さえかすかにうつむいた。

ようやく理解したのだ。

朝輝との関係はこのままでいい。これ以上の進展など望まず、片思いの距離にいられればよかったなんて嘘だ。

どんなに自分を納得させても、言い聞かせても、嫉妬や欲望を心の奥深くに沈め凍らせても意味などない。

そうやって本音に蓋《ふた》をして、かりそめの笑顔や嘘の情愛で、虚構の世界を築き上げてきたが、朝輝にそこにいてほしくはないのだ。

朝輝には、現実の世界にいてほしい。

九条の、本音の傍にいてほしい。

ボトルなんて、入れてもらう関係でいたくない。

たとえ傷つけられてもいい、思い通りにならなくてもいいから、朝輝にはホストと客という近くて遠い存在ではなく、ホストの仮面を脱ぎ捨てた姿で共にありたいのだ。

じっとしていると、ルイ十三世を手にしたスタッフがやってきて、ぎょっとしたように九条を見つめた。そういえば、朝輝も同じような顔をして自分を見つめている。

どこかでまた、高額ボトルの名前が飛び出し、盛り上がっているが、九条の周りだけは凍りついたような雰囲気だ。

「ご、ごめん、ちょっと九条借りてくよ！」

ふいに、朝輝がスタッフにそんな声をかけたかと思うと、駆け寄ってくる。

物理的な距離が縮まることに、喜びと寂しさを覚え、仕事中にそんな感情に振り回されている自分に呆然《ぼうぜん》としている九条の腕を、朝輝が力強く掴んできた。

「九条、とにかく事務所に戻ろうっ」

ささやきかけられ、九条は「なぜ」と問い返そうとした。

しかし、そこでようやく声がうまく出ないことに気づく。

喉の奥が震えて、言葉より先に意味のない嗚咽《おえつ》が漏れそうなのだ。

はっとして、こめかみにあてていた指先を頬にずらしてみる。

認めたくないが……九条の頬は涙に濡れていた。


事務所には、店長もマネージャーもいなかった。

いつもなら、酒に疲れたホストが閉店を待たずに休んでいることもあるが、今夜はその姿もない。

午前中に使用したチョコレートの機材が、洗いもせずに放置されている事務所は、店内に負けず劣らず甘い香りに満ちている。

事務所内の小さな流し場の蛇口から出てくる水さえも、ココアか何かのような錯覚に陥りながら、九条は冷たい水を何度も顔に叩きつけていた。

最悪だ。

仕事中に泣くなんてどうかしている。涙なんて、借金返済が完了したと、両親から連絡があったとき以来用のないものだったのに。

気がすむまで冷水を浴びると、九条は襟《えり》を濡らさぬようタオルで顔を覆った。

いっそのこと、涙を見られた相手の前ではずっとこうしていたい。

「く、九条、泣き止んだか？」

恐る恐る、といった風情で声をかけられ、九条はまだ事務所に朝輝がいたことを知って固い声を返した。

「失礼な、泣いてませんよ」

「……嘘つきは泥棒のはじまりだぞ」

「一日中五感も内臓もチョコレートまみれにしていたら、涙も出ます」

「そうか、じゃあ今日はミシェルのみんな、涙が止まらなくて大変だな」

もはや、意地を張った子供のような返事しかできない九条に、朝輝が深い溜息《ためいき》を吐《つ》いた。

さすがに恥ずかしくなって、九条は水滴を拭《ぬぐ》ったタオルを顔から剝がす。

事務机の一つにもたれるようにして、朝輝が立ってこちらを見つめていた。

「すみません朝輝さん。おかげで、店中にみっともない姿をさらさずにすみました」

何も答えず、朝輝はなおも九条を見つめてきた。

「…………」

視線が痛い。

だが胸はもっと痛い。

「九条、なんで泣くんだ。せっかくボトル入れたのに、普通は嬉しいものなんじゃないのか？　お前が喜んでくれるかと思って注文したのに」

九条でさえ、ついさっき、ボトルを入れてほしくない相手が存在することに気づいたばかりだ。

気づいたばかりの本音をナイフで抉るような朝輝の言葉に、九条は今度は笑うほかなかった。

「何を喜べっていうんですか。あなたと、疑似恋愛できることを喜べとでも？　嘘とおべっかの関係は不毛だと、朝輝さんが昔おっしゃってた気がしますが」

自分でも嫌なことを言っているとわかってはいたが、涙とともに胸に溢れかえっていた言葉は、一度飛び出すと止まらない。

九条はタオルを手近な場所に放り投げると朝輝と向きあった。

まだ目じりが熱い。

笑顔は取り繕えそうにない。

「じゃあ、俺はどうすればいい？」

「どう、とは？」

「……九条が、ユウナにばかり笑顔を向けてるのに、俺はどうやったらユウナからお前を引き離せるんだ」

「ひどい人ですね。そんなに、私をユウナさんとの痴話喧嘩に利用したいんですか」

「痴話喧嘩って……」

「だってそうでしょう？　あなたの嫌いな嘘まみれのホストクラブで、私はあなたとユウナさんが真実の愛を摑み取ろうとしているのを見せつけられているんですよ」

九条はようやく思い知った。この、朝輝への想いを前にして、ちょうどいい距離なんてありはしないのだ。

できうる限り傍にいたいし、他の人間と寄り添う姿など考えたくもない。

だからといって、どうすればいいのかもわからないまま、立ちすくみ駄々をこねるほかない九条に、朝輝は言い聞かせるようにして詰め寄ってくる。

「違うよ九条、今さら痴話喧嘩なんてしないよ。言っただろ、ユウナと向きあうって。さっきようやく話しあえて来たところなんだから」

「だったらなんだっていうんですか。それぞれホスト遊びで意地を張りあう、新手のデートか何かですか」

「別れたよ。だから、ユウナと意地を張りあう理由もデートする理由もないさ」

嫌味のつもりが、素っ気なく朝輝に反論され九条は目を瞠った。

ふいに、ユウナの「身軽になった」という言葉が脳裏に浮かぶ。

「今日、どうしても九条に伝えたいことがあったから、それまでにユウナとの関係も終わらせないとと思って、さっき、ここに来る前に別れ話をしてきたところだったんだ」

まさか、そのあとすぐに、ユウナがホストクラブに来るとは思わなかったけど、と笑った朝輝の言葉は、九条の耳にまともに入ってこない。

嘘だ。朝輝は嘘などつかないだろうと痛いほどわかっているのに、とっさにそんな否定が胸に浮かぶ中、事務所の扉が控えめにノックされた。

スタッフが呼びにきたのか。と思い二人して扉を見やると、そこにはユウナが立っている。

「ユウナ」

振り返った朝輝に、ユウナはつかつかと歩み寄ると右手をふりあげた。

ビンタでもするのかと思ったが、予想に反してユウナの手は朝輝には届かず、かわりにその手から放たれた一枚のカードが朝輝の胸元に叩きつけられる。

聞かなくてもわかった。朝輝のいわくつきのクレジットカードだ。

「笑いなさいよ」

恋人同士の会話というには棘しかないユウナの第一声に、朝輝がうろたえたようにカードとユウナを交互に見つめる。

「去年偉そうなこと言ったけど、結局あなたの嫌いなあぶく銭の半分しか使いきれなかったわ」

「ユウナには無駄遣いなんて無理だったんだよ」

ユウナのきつい口調にくらべ、朝輝の声音には穏やかさがあった。それこそが、ユウナへの余裕であり、そして愛情であるような気がして、とても破局したとは思えない。

「そういうあなたは、ずいぶん無駄遣いがうまくなったじゃない。私との結婚資金口座にはビタ一文入れなかったくせに、ホストには貢ぐんだ」

「み、貢ぐなんてふしだらなこと言うなよ。その、九条に相手してもらうための正当な対価だと思って注文しただけで……」

「……」

「……ごめん。さっきは別れ話だけでちゃんと謝れなかったけど、悪かったユウナ。俺は、大事な相手にこそもっと言葉を選ぶべきだったし、気持ちを伝えるためにいつだって向きあうべきだったんだよな。ずっとほったらかしにしてて、ごめん」

朝輝の言葉に、ユウナもまた口にすべき謝罪の言葉があるだろうと思った九条だが、予想を裏切ってユウナは眉間の皺を深めた。そして、九条と朝輝を交互に見つめてくる。

またぞろ、二人の喧嘩に巻き込まれそうな不穏な気配に胸をざわつかせる中、ユウナが静かに言った。

「もっと言葉選ぶべきってわかってたのに、さっきあんなアホみたいな別れ話切り出したの？」

「え？」

「ついに別れる決心がついて、私と向きあって言うセリフが『別れよう。これからは気兼ねなくホスト遊びしてくれ』ってどういうつもり？」

「朝輝さん、そんなこと言ったんですか」

胸のざわつきを吹き飛ばすようなユウナの言葉に、九条はつい彼女の肩を持つように朝輝を見つめてしまった。

当の朝輝は、クレジットカードで口元を押さえながら、視線を泳がせている。

「なんて言うか、毎晩悩んでようやく考えた別れ言葉なんだけど……」

「嫌味にしか聞こえないわよ。つい怒ってそのまま帰っちゃったじゃない」

「俺も、水商売とかに目くじらたてなくなったし、お金使うことへの恐怖心もなくなったっていうのを、てっとり早く伝えられる方法だと思ったんだけどなあ」

何が悪かったのか。と言いたげな朝輝を冷たく睨みすえ、ユウナは深い溜息を吐いた。

「九条と知り合いなら、もう少しまともな口説き文句とか別れ話用のセリフとか教えてもらっておきなさいよ」

「ダメだ、ユウナ。九条は一語千円からかかるんだぞ」

「隣に座ってもらうのに、ボトル代もかかるしね」

「そのくせ、ボトル頼んだら泣くしね」

「泣いてませんよ、朝輝さん」

「あなたみたいな小うるさい男にまとわりつかれて、ボトルまで入れられたらどんなホストでも泣きたくなるわよ」

「泣いてませんよ、ユウナさん」

喧嘩に巻き込まれたくないとは思ったが、話のネタにするのも止めてもらいたい。

二人の関係に嫉妬していたことも忘れて逃げ出したくなった九条に、ふいにユウナは気まずそうな表情を向けてきた。

「九条、さっきの話だけど、私ミシェルに来ることがバカなことだなんて思ってないわよ」

「そうですか？　あなたはいつも……そんなに楽しそうではありませんでした」

「本当に、楽しかったわよ。いつか機会があれば、また遊びに来て、今度は高いボトル入れるわ。自分のお金でね」

「ユウナさん……」

「愚痴の相手と別れることができたから、九条に会いにくる理由がなくなっちゃった。またいつか店に来ることがあったら、笑ってちょうだい」

その言葉を最後に、ユウナはもう朝輝を見ることもなく踵《きびす》を返した。

彼女にとって、この店で過ごした思い出が少しでもよいものであればいいのだが。余計なことは言わずに、胸の中でだけそう願う九条の前で、ユウナの背中は店内のほうへと遠ざかっていく。

「ゆ、ユウナっ！　あの結婚資金用の口座、ユウナが使ってくれ！」

「お断りよ」

我に返ったように、朝輝がそう言って元恋人の背中を追おうとする。

その瞬間、九条は我知らず手を伸ばしてしまっていた。

朝輝が九条にそうしたように、気づけば九条の指先が朝輝の袖を摑んでいる。

ユウナの靴音が、店の喧騒に消えていく中、驚いたように朝輝がこちらを振り向く。

元恋人よりも、自分のほうを見てくれたことを嬉しいと思ってしまったが、同時に、泣き顔を見せたときと似たような羞恥が湧き上がり、九条はせっかく摑んだ朝輝の袖を、爪弾くようにして離してしまう。

「九条？」

「あっ、店に戻ってまで二人で喧嘩されては困りますからね。だから引き留めただけです」

「……」

「それよりも、いいんですか朝輝さん。ユウナさんに、謝ってもらいたいことがあったんじゃないんですか？」

澄まして、いつもの表情でそう言う九条の胸中は複雑だった。

突然のユウナの登場に、一度は収まっていた朝輝への激情が、再び頭をもたげる。油断をすれば涙を流したときよりもみっともない姿を見せてしまいそうで、それが怖くて努めて冷静さを装う九条を、朝輝はじっと見つめてきた。

「九条……、そんなことより、なんで、今俺のこと引き留めたんだ？」

じっと、大きな瞳で見つめながらそう問われ、九条は視線も逸らせずに戸惑った。

疑問符しか返せずにいると、朝輝から離したはずの手を、逆に朝輝のほうから摑まれてしまう。

「そういうことされると、すごく期待しちゃうだろ。こないだもそうだった。人肌恋しいからって、売春の代わりに俺でもいいなんて言いだすし……」

険しい表情の真ん中で、朝輝の大きな瞳は潤み揺れている。

強く摑まれた腕が痛い。

しかし九条は、微動だにせず朝輝の言葉を頭の中で繰り返していた。

朝輝の言う「期待」が何の期待なのか。それこそ、九条自身も何か淡く甘いものを期待してしまいそうで、今まで覚えたことのない感情に九条は何も言えなかった。

一方朝輝は饒舌《じょうぜつ》だった。

「九条、あのときも聞いたけど、なんで人肌恋しいときに、俺が相手でもよかったんだ？」

「なんでって……」

「そのくせ、九条が俺の隣に座ってくれるならと思ってボトル入れたのに、泣くほど嫌だったのか？　俺は、九条が俺に何を求めてるのかわからなくなるよ」

詰め寄る朝輝の呼気から、チョコレートの香りがした。

その香りを逃したくなくて、九条は懸命に言葉を選ぶ。

「朝輝さんこそ、どうしてユウナさんと別れてしまったんですか。あの日、応援してくれっておっしゃるから、てっきり私はよりを戻すんだとばかり……」

「九条に好きだって伝えるためだ」

当たり前のように返された言葉に、九条は呆気にとられてしまった。

仕事では何度も使った「好き」の二文字が、今は意味さえもわからなくなる。

「ああ、くそ。今日の仕事が終わったら、九条をショコラバーに誘って、かっこよく伝える気だったのに……ダメだな俺、そういう気障なの。本当に一語千円払って勉強しようかな」

自嘲気味に笑うと、朝輝が照れたように視線を泳がせた。

耳朶が赤い。

ショコラバーから飛び出し、先に帰っていってしまったあの夜も、こんな赤に染まってはいなかったか。

「九条に気持ち伝えるには、ユウナとの関係、ケリをつけないとと思ったんだよ。その……

本当は、九条とホテル行った時点で俺は浮気野郎になっちゃってたわけだし」

「かまわないじゃないですか。私が脅迫まがいのことを言ってあなたを誘っただけで、あんなの……忘れてしまえば」

「忘れたくないよ。あのとき、俺の中には遊びでやっちゃいけないとか、浮気になるとか、そんな葛藤《かっとう》がどれも役に立たなくて、ただ九条に触れたくて仕方なかったんだ」

「……」

「九条と一緒にいたいと思うことが多くなったし、九条の笑顔が見たいと四六時中思うようになった。極めつけは、九条が俺と相談したメールの内容を、お母さんに送ったときかな……。もっと九条に頼られたいと思って、ああ俺、九条のこと好きなんだって気づいたんだ」

世の中の人間はみんな、恋をすればこんなふうに想いを伝え、手をとりあうチャンスを求めるものなのだろうか。

だとすれば、誰も彼も心臓に毛が生えているとしか思えない。

今九条は、こんなにも恋焦がれた男の情熱を前に、その言葉を受け入れることにさえ恐れおののいているというのに。

長い間、誰にも期待せずに生きてきた九条にとって、幸せへの一歩は重苦しいものだった。

その一歩を踏み出すのが怖くて、朝輝の気持ちから逃げ惑うように九条は往生際の悪い言葉を口にのぼらせる。

「何を言うんですか、しっかりしてくださいよ朝輝さん。ユウナさんと向きあおうと悩みすぎて、どうかしたんじゃありませんか。だいたい、今夜の別れ話だって、本当は別れたくないから、あんな頓珍漢なセリフしか浮かばなかったんじゃないかと私は思いますけれど……」

「九条、だからそういうことを言うと、期待しちゃうんだってばっ」

「な、なんですか？」

「ユウナユウナって、九条それればっかりだ。まるで、俺がユウナとより戻すの怖がってたみたいに思えて、ちょっとは脈あるのかなって思っちゃうだろっ」

朝輝の瞳は相変わらず潤んでいた。顔も真っ赤だ。

脈どころか、自分はこんなにも恋焦がれている。

そう伝えることができれば、朝輝は笑ってくれるのだろう。

この緊張に満ちた赤面を笑顔に変えて、喜んでくれるのだろう。

一言だ。わずか一言返すだけで、自分は得ることはないだろうと当たり前のように距離を置いていたはずのものに、寄り添うことができるのに……。

己の殻のどこを何で打ち破ればいいのかわからず唇を震わせる九条に、朝輝が真剣な顔で畳み掛けた。

「九条、好きだ。俺と、夜明けのチョコレートを一緒に齧《かじ》ってくれ」

九条の中で、すべての思考が止まった。

再び誰かと親密になる恐怖も、両想いという未知の世界への畏怖《いふ》も、胸のあたりにせり上がってきた空気に蹴散らされ、九条はついに肩を震わせてしまった。

「……ぶふっ」

唇から漏れたのは、耐えきれない笑い声。

「な、なんで笑うんだよ！」

「ひ、ひどい。俺と、夜明けのチョコレートって、朝輝さん……っ」

きっと、ショコラバーで言おうと温めていたセリフなのだろうと思うといっそう九条の笑いの発作は止まらなくなる。

本当に、朝輝は一途《いちず》で頑固でどこか抜けている……。

そんな朝輝にあてられて、自分も新たな一歩を踏み出そうとしていたのに、恐れてばかりの自分が情けなくなって、九条は涙の浮かんだ目じりを拭った。

「っははは、朝輝さんと一緒にいたら、一生チョコレートには困らずにすみそうですね」

「そんなに笑うことないだろっ」

「朝輝さん、私からもお願いがあるんです」

あまりの九条の大笑に目を白黒させていた朝輝が、まだからかうのかと言わんばかりに眉をしかめたが、九条は気にせず続けた。

想いのたけを籠《こ》めて。

「実は、携帯電話の番号を変えたんですよ。店のじゃなくて、普段使っている電話を。今、アドレス帳は父母の番号以外真っ白で寂しいんです」

「えっ……」

一瞬、朝輝は何を言っているのかわからなかったようだが、次第にその大きな瞳が期待に染まりはじめる。

自分でも誰かを期待させることがあるなんて、少し不思議な心地だ。

「賑やかしに、恋人というフォルダを作ってみようかと思うんですが、朝輝さん、よければあなたの番号を教えてもらえませんか」

すっぱりと捨ててしまった売春相手のアドレスと、自分の電話番号。

身軽な体は、朝輝のもとへ一歩踏み出すのにちょうどよかった。

もう一言。あとは勇気を出して好きというだけだ。

そんな覚悟を決めた九条の頰に、朝輝の指が触れた。

目と目があい、整った面貌が近づいてくる。

わっと、ドンペリコールに盛り上がる人の声がここまで届いてくる中、朝輝の唇が九条の唇に重なった。

チョコレートの香りがする。

もううんざりだ。そう思うほど一日中チョコレートに浸った体に、朝輝のキスはそれでもなお甘く優しく染みわたり、貴重な九条の告白の言葉は、直接朝輝の口の中へと消えていくのだった。


「知ってますか、朝輝さん」

九条のささやきに、朝輝が喉を蠢《うごめ》かせたのが見えた。

「私、恋人作ったことないんですよ」

「へ？」

疲れ果てていたはずの九条の体は、朝輝と二人で「恋人として」ホテルに来た、という事実にすでに昂《たかぶ》っていた。

今日一日でたっぷりチョコレートの香りが染みついた衣服を脱ぐのももどかしく、二人して抱きあううちにベッドに倒れ込んでしまったのがわずか数分前のこと。

シャワーを浴びるのも、服を脱ぐのも、今の二人にとってもっとも優先順位の低い話だ。

思うところあって、朝輝の下半身にすがりついた九条は、朝輝のスラックスのジッパーを下ろしながら繰り返した。

「だから、恋人とこういうことをするのは初めてだと言ってるんです」

「え、だって、あんなエッチでふしだらで、女も男もはべらせまくってるくせにっ？」

「全部仕事でしたから」

ことともなげに言うと、九条はベッドの上で上体を起こした朝輝の視線を頭上に感じながら、スラックスのあわせから朝輝のものを取り出した。

そっと両手で握りこみ、鼻先を近づけると、戸惑うように朝輝の腰が引ける。

「で、でも機会はいくらでもあるだろ？　恋人いたことない人が、女の子口説く仕事してるなんて変じゃないか」

「疑似恋愛商売だからこそ、誰か特定の人のものになるという感覚もあんまりありませんでしたね」

簡単に言ってのけると、九条はゆっくりと朝輝のものに指先を這わせた。

触れるそばから、すぐに熱を帯びる朝輝のものに、彼もまた今から起こることを期待して体を火照らせてくれていたのだと感じ、九条は嬉しくなる。

「だから、好きな人とするなんて、少し緊張するんですよ」

「うわっ」

言い終えると同時に、指の中でまだ柔らかいそれに唇を触れさせた。

性器への接吻《せっぷん》に、朝輝が色気のない声を上げたことに笑いがこみ上げてくるが、なんとか耐え忍び、次は舌を這わせる。

敏感な器官は、刺激のせいか、それとも「九条が口でしている」という自覚のせいか、手の中で力強く脈打った。

「く、九条、そんなところ、汚いぞ……」

「嫌ですか？」

「嫌、じゃないけど」

ひどく従順な心地だった。

欲しいと思ったものが、今手の中にある。そう思うと、それのためになんでもしてやりたくなる。

「せ、せめてジャケットをハンガーにかけないか？」

コートと一緒に廊下に放り出したままのジャケットを、朝輝が見る。

九条は気にせずに口を大きく開いた。そして、朝輝の雄芯、その先端をぱくりと咥える。

「っ……」

弾力のある肉の感触を、舌で転がすようにして味わう九条の頭に、そっと朝輝の手が触れた。

「ジャケットとコートをハンガーにかけて、そのあとはネクタイを丸めるんですか？　靴もきちんと並べて、シャツもスラックスも皺にならないようにしないといけませんね」

「く、九条、そこで喋るなよ、息が……っ」

「シャワーを浴びて、体を拭《ふ》いて、そのうち『やっぱり交換日記から始めよう』なんて言われるのは私はごめんですよ」

「さすがにそこまでは……。ああ、いや、でも交換日記は憧れるかも」

なんとか冗談を返す余裕はまだ残っているらしい朝輝の声は掠れていた。

ときおり視線を上げては、朝輝の表情をうかがいながら、九条はそっと茎に這わせた指先を上下させる。柔らかな皮膚から伝わる熱い体温が、九条の指先を犯すようだ。

尖らせた舌先で、ぽつんと雄芯の先端に空いた穴をつつくと、ベッドが揺れた。

「九条……いやらしい口」

ちらり、と見上げると、目元を朱に染めた朝輝の顔に、ほんの少しの呆れた色が見え隠れしている。

まさか、経験人数を想像していたりするのだろうか。

そう思うとひやりとするが、しかし九条には他に朝輝に気持ち良くなってもらう方法が思いつかなかった。

つい気持ちが急《せ》いて、九条は思い切って朝輝自身を根本まで口に含んだ。

たっぷり唾液《だえき》に濡らした唇をすぼめ、朝輝のすべてを愛撫《あいぶ》するようにずるずると飲み込んでいくと、口腔内で朝輝のものが震えた。

敏感な舌先がその脈動を感じとり、じんと、九条の腹の奥深くでも快感の種が芽吹く。

「あ、うわっ……くそ」

頭上から振ってくるうめき声には、明らかに快感が混じっている。

それが嬉しくて、九条は音を立てて朝輝のそれをすすりながら、そっと先端へと唇を移動させていく。柔らかな唇に撫でられる雄芯が震えるたびに、九条の中でもむくむくと熱欲が高まった。

「む、ふぅ……んっ」

「ど、どうしよう。本当に食べられちゃいそうでなんか怖いな」

「ふふふ……」

笑いながら、九条はだんだん頭の振りを激しくしていった。

あふれ出る唾液をたっぷり絡めながら、すぼめた唇で朝輝のそれを愛撫するように根本まで飲み込み、抜き出し、また飲み込み……次第に九条の頭に置かれた朝輝の手にも力が籠められる。朝輝の昂奮をその手に感じて、我知らず九条の胸は高鳴った。

「ふ、ぅん、んっ。……ふっ」

「あ、あっ、やばい九条、出る。待って、離れて……」

離れて、と言いながら、離してくれなかったのは朝輝のほうだった。

ぐっと頭を摑まれるその力に従い、九条は朝輝のものを根本深くまで飲み込み、喉奥に触れた朝輝の先端の感触にうっとりと喉を鳴らす。

その、微かな粘膜の振動さえ伝わったように、朝輝がうめいた。

限界まで張り詰めた口腔の中のものが一瞬硬直したかと思うと、どろりと液体が噴出してくる。

「ん、んん、ふぶっ」

「う、わっ……」

こちらまで気持ちよくなるような、開放感のある吐息が頭上から降ってくる。

口の中を満たす朝輝の体液に舌を絡ませながら、九条は達したばかりの朝輝のものをすする。

そして、口の中でくったりと力を失った雄芯を舌で舐《な》めさすりながら唇を離す。

ようやく前戯を終え顔を上げると、すっかり淫欲に瞳を濡らした朝輝が、わずかに眉根を寄せて九条を見下ろしていた。

「……九条、なんて口してるんだよ」

「残念、ここはチョコレートの味、しないんですね」

「す、するわけないだろ。まったくもう……九条は、お金のために売りしてたっていうけど、実はすごく破廉恥だっただけなんじゃないのか？」

こんな時に売りの話を持ち出してくるなんて、ロマンの欠片《かけら》もない男だな。

と思ったが、呆れたそばから朝輝の腕がぬっと伸びてきたかと思うと、九条はベッドの上へ引きずりあげられた。

邪魔なスラックスを脱ぎ捨て、シャツをはだけ、二人してベッドの上でもつれあううちに、気づけば朝輝が九条に覆いかぶさる格好になる。

じっと見おろしてくる朝輝の瞳が、欲望に潤んでいるのが嬉しい。

「九条、俺のしゃぶりながら、腰揺れてたぞ」

「そんなバカな」

端《はな》から信じずそう返すと、朝輝は溜息を一つ吐くと、九条の口に指を二本、差し込んできた。

太く固い指先に、今まで陰茎に嬲られていた舌をこねまわされ、つい九条の腰が跳ねる。

「可愛い舌だな。これで、俺の舐めながら……腰揺らしてただなんて、本当に九条はふしだらだ」

舌を摘まれたせいで返事ができず、九条は潤んだ瞳で朝輝を見つめ返した。

反論できないと、本当に朝輝の言うとおりのような気になってくる。

「んっ」

「エッチだし器用だし、九条の舌はすごいな。ふしだらなことは悪いことだと思ってたけど、今俺、すごくドキドキしてる」

わけのわからないことを言うと、朝輝はたっぷりと九条の唾液に濡らした指先を抜き、今度はそれを九条の臀部へと這わせていく。

腰骨に触れる濡れた指の感触に、九条はゆるく腰を浮かせた。

二人して、ワイシャツだけが中途半端に腕にからまり、靴下も脱げないまま下半身を露出させている。そんな格好でベッドの上でもつれあう姿はきっと滑稽だったろうが、ただもう相手のことが早く欲しくてたまらないのだ。

そんな情熱が自分の中にあったことに驚きながら、九条は朝輝の背中に腕を回す。しっとりと濡れる肌を味わいながら、もうじき来る衝撃に耐えようとベッドにこめかみを押しつける。

あの日は、二度とも仕事のためと思いゼリーカプセルをしこんでいたが、今日の後孔は肉欲に反して固く閉ざされ、こじあけるように入ってきた朝輝の指先に、九条は息を飲んだ。ずるずると、慎重に侵入してくる指先は、ときおりくねり、内壁をかきわけながら折り曲げられ、その感触に粘膜が震える。

「朝輝さん……すみません、ちょっと緊張して……」

「よかった」

「はい？」

「九条のお尻も、まともな時は一応あるんだと思って。ほら、いっつもエッチでなんでも飲み込んでたから、心配してたんだよ」

「…………」

何を言うんだ。と睨みつけたいところだが、おおいに反省点も自覚しているだけに、九条は拗ねたように顔を背けるほかない。

しかし、そうしている間にも、朝輝の指先は間断なく九条の中を責めたて、快楽の泉を暴き立てようとする。

九条の額に、朝輝が頬を押しつけてきた。そのまま甘えるように唇を求められ、九条は慌てて相手の口を手で押さえる。

唐突な拒絶に、朝輝が目を瞠った。

「あ、失礼……。朝輝さんのを、飲んだばかりですから」

正直に懸念を口にすると、腹の中で朝輝の指が動きを止めた。

何か、おかしなことを言っただろうかと不安になったところで、朝輝はわずかに身を起こすとベッドサイドから何かを取り出した。

怒ったのか、気がそがれたのか。

戸惑う九条の視界で、朝輝の手はベッドサイドにあったバスケットの中から、小さな袋を摘み上げた。

一目見て、ローションだとわかるそれを、朝輝は噛み切るようにして封を破いた。

千切れた袋の一部を、手に取りもせずに吐き捨てる姿は、いつもの説教臭い男とはとても思えない仕草だ。だが、その仕草に似合いの、興奮に掠れた声がローションと一緒に九条に降ってくる。

「九条ごめん、もう三回目だし、少しは丁寧にしてあげたかったんだけど……九条がエッチなことばかり言うからもう無理そう」

「は、はあ……？」

キスを拒まれて盛り上がる男、というものが理解できずに呆然と朝輝を見つめていると、ローションをたっぷりまとった朝輝の手が再び九条の中への侵入を開始した。

ぬめる液体の助けもあってすぐに入ってきた指先が、丹念に九条の中をこじあけたかと思うと、朝輝の顔が再び九条の鼻先に迫ってくる。

油断していたせいで、当たり前のようにその接吻を受け止めてしまった九条は、慌てて朝輝を押しのけようとするが、唇に噛みつくようなキスを前に体に力が入らない。

「あ、ふっ……」

「ん、むっ、ふ……」

ひとたび唇を重ねれば、容易に九条の鼻腔をチョコレートの香りが攻めてくる。

一日中チョコレートにまみれ、もう来年まで嗅《か》ぎたくないとまで思ったこの香りが、朝輝の唇越しだと未だに愛おしい香りだと思えた。

つい、拒絶しようとしたことさえ思考の隅に追いやり、九条は香りの一滴まで舐めとるように朝輝の舌に応えてしまう。

「朝輝さん、ん、っ……ふっ……」

チョコレート味のキスに、体の緊張がほどける。

その隙をつくように、次第に朝輝の指は侵攻を深めていく。

一本、二本……かきまわされ、久しぶりの刺激に己の淫乱さを思い出したかのように粘膜が戦慄きだす頃には、指はついに三本まで増えていた。

「ぁ、あっ」

わずかにまとわりつく衣服さえ障害物に思えて、無造作にそれを脱ぎ捨てながら二人はしつこく舌を絡めあう。

締めつけた場所が、朝輝の指が抜けていくのを感知していっそう震え、窄まった。

身を乗り出した朝輝に、九条は自ら足を折り曲げ、自分で太ももの裏を抱えてみせた。

わずかに、朝輝が目を瞠る。

「は、早く……」

あんなに舐めて、くすぐり、しゃぶりつくした朝輝の雄は、いつの間にか再び頭をもたげている。その先端を視界に入れるだけで、たっぷりローションに濡れた九条の入り口は戦慄いた。

太ももに、朝輝の手が添えられる。

そして、ゆっくりと後孔に肉茎を押し当てられた。

ひたり、と自分のそこが、朝輝の肉棒に吸いついた感触に喉を震わせたのと、朝輝が腰を打ちつけてきたのはほとんど同時だった。

「く、んっ――――！」

衝撃。

内臓が押しつぶされるような圧迫感に、慣れているとはいえたまらず九条は自身の太ももに爪《つめ》を立てた。

しかし、朝輝自身は容赦なく九条の最奥部《さいおうぶ》までたどり着き、九条の尻と、朝輝の腹がぶつかる乾いた音が鼓膜に触れる。

「は、ぅっ」

ずるずると、朝輝に内壁をこすりあげられ、九条はそれに応えるように腰を揺らす。

掻きまわされる粘膜は、まるで朝輝の細胞の一部になりたいかのようにしつこく肉茎にへばりついた。

ベッドの上で跳ねる九条の淫らな体を、朝輝は大きな手で支えると激しい腰使いに没頭していく。

「あ、あっ、はぅ、んっ、朝輝さ……あうっ」

「可愛い。九条は、本当にエッチなんだな」

「ふ、ぁっ？　な、なんで、そんな……く、ぅんっ」

ぎしぎしと、ベッドの揺れる音と、ローションや体液が混ざりあう水音が支配する部屋の

中に、嬌声などまだ上品なほうだと思いたくなるような朝輝の言葉が次から次へとこぼれてくる。

「初めての夜も、その次の夜もそうだった。ここ……」

「──っ！」

「ここ、すごく敏感で、かきまわしたらすぐに喜ぶんだ」

「い、言わなくて、いいですっ、あ、あぁっ」

ここ、と言いながら、九条が一番感じる箇所を文字通り小突かれ、九条はもはや自分で足を支えていることもできなくなってベッドにしがみついた。

シーツを握りこみ、首を左右に振るが快感はかけらも逃すことができず、執拗に腰を使ってくる朝輝の名前さえ呼べずに膨れ上がる絶頂への予感にのけぞる。

乱れ悶《もだ》える九条の姿を、朝輝がうっとりと見下ろしていた。

「本当に、あのときスプーンの上で溶けた角砂糖みたい。いつもはつんと澄まして格好いいのに、今は九条のお尻、俺のを飲み込んで震えてるんだから……」

「っ？　朝輝さん、あのとき……そんなこと、考えてたんですかっ」

かつて、ショコラバーで見せた儚い角砂糖の姿に、朝輝が逃げるように帰った夜を思い出し、九条は呆気にとられた。

しかし、朝輝のほうは大真面目だ。

「うん。九条みたい。エッチするとき、いつもの綺麗なものがどろどろにとろけて可愛くなるときみたいって、思ったら……自分がどんだけ九条のこと好きなのか気づいちゃって、いてもたってもいられなくなったんだ」

「朝輝さん、あなた、ねえっ……ぁあ、駄目、それ、駄目っ」

耳朶に触れる言葉に犯され、その言葉を理解すると、手放したはずの理性がおののき羞恥に揉まれる。

朝輝のものは、奥深くで小刻みに弱い箇所を撫でまわし、九条はそれから逃れるように腰を浮かせてみたが、逃げようとすれば今度は強く腰を打ちつけられる、その繰り返しになってきた。

真面目くさって、とんでもないエッチはどっちだと言ってやりたいが、そんな余裕は朝輝の赤裸々な言葉によって引き剥がされていくばかりだ。

息もつけずに喘いでいると、口の端から唾液がこぼれ、それを舐めとるように朝輝が口づけを求めてくる。

鼻腔に触れるチョコレートの香りが愛しくて、九条も必死で舌を差し出した。

もう、本当にチョコレートになって齧られて朝輝の中に溶けていってしまいそうな心地だ。

「あ、ぅんっ、ぁあ……っ」

朝輝さん。呼びかけた声が、朝輝の胃の中に吸い込まれていく。

同様に、朝輝が自分の名を呼んだ気がしたが、九条はそれを貪《むさぼ》り飲み下す。

じわりとせり上がった快感に腹の奥が震えたとき、狙い澄ましたように朝輝の肉茎が九条の奥深くで脈打った。

「あん、は、はぁ、あ、ぁあっ！」

「っ……ふ、ぅっ」

リップサービスでもない、ただ過ぎるだけの時間を耐えているわけでもない。

愛しい男からぶつけられる欲望を、味わいつくし迎える絶頂は、頭がどうにかなりそうなほど幸せだった。

「あ、あっ、ぅ……」

戦慄く内壁が間断なく送ってくる快感の信号に、視界の端がちかちかした。

溜まりに溜まった欲望をたっぷり吐き出し、ぐったりとベッドに沈みこみ吐息を吐きながら、九条はふと気づく。

「はぁ、はぁ……はっ……ぅ、朝輝、さん……？」

「大丈夫？　息整った？」

揺れる瞳が、九条をじっと見つめている。

淫らな色に濡れるその瞳に、九条はゆっくりと、体内にまだ残っている激しい熱源に気づき、思わず頬を引きつらせてしまった。

「あ、大丈夫……、じゃない、かもしれま……」

「動いていい……？」

どくり、と九条の中でそれは脈打った。

これでもか、とばかりに欲望と言葉で九条を責めたてた熱源が、まだそこにある。

待って。

そのたった一言が、甘えるように求めてくる朝輝の瞳に打ち勝てず言えないまま、九条の内壁は、再び激しい淫欲の波に責めたてられるのだった……。


翌日。

祭りの名残さえ残さず通常運転になったミシェルから、チョコレートの香りを追いだす作業はずいぶん苦労した。

いつものように、客が笑い、軽やかな乾杯の音がそこここで聞こえた時間は過ぎ去ったが、しかし閉店後もミシェルにはまだ大勢の人が残っている。

バレンタインイベントは盛況で、外部からの企画の話も、仕事がマンネリ化していたホストたちにいい刺激になった。とご機嫌の店長の提案で、バレンタインの準備にかかわった朝輝の会社の社員らとミシェルのホストとで、参加自由の食事会をすることになっているのだ。

そのためだけに早仕舞いした店には、今夜はチョコレートではなく醬油《しょうゆ》と酢飯の香りが漂い、寿司の詰まった大きな桶《おけ》が、使い馴染んだテーブルに並んでいた。

すでにそこここで乾杯は始まっており、以前店に遊びにきた女性社員らも、楽しそうにビールグラスを傾けている。

そんな光景を店の隅の席からのんびり眺めていたはずが、今、九条の目の前には、でん、と夕輝が仁王立ちして視界のほとんどを塞《ふさ》いでいる。

ちびちびとビールグラスを傾けながら、気のない様子で見つめ返す九条に、夕輝は決然と言い放った。

「いいですか九条さん」

「よろしくありませんよ」

「俺も、ちょっとずつ指名が増えてきました。俺なりのホストとしての目標も、おぼろげに見えてきた気がしています」

「おめでとうございます。初指名のとき、ご祝儀渡してあげた優しい先輩の私が、どうして今こんなに睨まれなきゃならないんでしょうね」

「うっ……」

思いだせば胸が痛いのか、夕輝が一瞬うろたえたが、またすぐに懸命に睨みつけてくる。

「と、とにかく、俺はまだまだひよっ子ですけど、頑張っていく所存なんです。九条さんには負けません！」

幸いみんな寿司とおしゃべりに夢中で、店の隅で無謀なことをのたまう若手ホストの言葉を笑うものはいなかった。

負けません、と言われても端から勝負になっていない夕輝に、九条は首をかしげてみせる。

「勝てるんですか」

「ぐっ……す、少なくとも、兄ちゃんの指名は絶対奪い返します！」

奪い返すも何も、最初から夕輝の指名ではない。

と心中うなりつつ、九条はようやく合点がいった。

まさか、あれだけ陰になり日向になり見守ってやった男に、嫉妬されてしまうとは……。

「お兄ちゃんが取られちゃって悲しいですね、夕輝く｜ん」

「なんでそんなに余裕綽々《しゃくしゃく》なんですか！」

「ははははは」

「バ、バカにしてるでしょう、今すごく俺のことバカにしてるでしょう九条さん！」

「夕輝、基本的なことを言っておきますが……うちは、永久指名制ですよ」

満面の笑みをたたえて一撃を放つと、夕輝の顔が悲しそうにくしゃりと歪んだ。

「朝輝さんは私を指名したので、この店ではずうっと私を指名しなきゃならないんです。研修のときに説明しましたよね？」

「……く、く、九条さんの、九条さんの」

「ん？」

にこにこと夕輝の続きを促してやるが、夕輝はさすがにそれ以上暴言が吐けなかったらしく、半べそ顔をさらしてとぼとぼと盛り上がる輪の中へと去っていってしまった。

数人、夕輝の様子に気づいたらしいホストが、彼の頭をくしゃくしゃと撫でてやるのが見える。……味方はいるらしい。あとでしっかり絞っておかねばならない、と不穏な先輩顔を一瞬見せた九条のもとに、寿司を取りに行っていた朝輝がようやく戻ってきた。

不思議そうに遠ざかる夕輝の背中を見つめるわりには、特に声をかけようとはしない。

「何、夕輝またなんかしたの？」

「いや、彼もある種の成長をしようともがいてるところなんでしょう」

「だったらいいんだけど……。成長ついでに、転職してくれないかな」

「まだ言ってるんですか？」

「ホストも大変な仕事ってわかったけど、身内の水商売を許すかどうかはまた別の話だよ。覚悟があったりメンタルが強くないとなかなか難しいと思うから」

以前と違い、本人にその適性があるかどうかで考えるようになったらしい。しかし、朝輝はせっかくの真面目な話を脇に退《の》けると、紙皿にたっぷり盛りつけたいくらの軍艦巻きにご満悦だ。

「そんなことより見てよ九条、このいくら。俺、子供の頃いくらいっぱい食べるの夢だったんだ」

「……………」

「今から、九条にボトル入れた以来の贅沢《ぜいたく》を経験できそうだ」

自分への指名が、今一瞬にしていくらの軍艦巻きと同じレベルになってしまった気がしたが、まあ、朝輝が幸せならいいだろう。と、九条は呆れながらもいくらに心躍らせる恋人を見つめた。

「いくら一貫につき、一言、家族にラブレターでも送ったらどうです」

「自分にノルマを課すという意味ではいいことかもしれない」

逡巡《しゅんじゅん》ののちそう言うと、朝輝は軍艦を丸ごと口に放り込んだ。

今日のキスは、もしかしたらチョコレートの味がしないかもしれないな。

そんな不安にかられた九条の胸ポケットで、携帯電話がメールの着信の音を告げた。

その音に、九条よりも朝輝のほうが驚いたらしく、せっかくのいくらの軍艦巻きをろくに嚙みもせずにそのまま飲み込んでしまう。

何やってるんですか。そう笑いながら開いた携帯電話には、やはり母からの着信があった。

素っ気ない電子メールの文字から、今日はどうしてか母の優しい声が聞こえてくるような気がする。

朝輝が一緒にいるからだと思うとくすぐったくて、急いでメールを開いた。

お父さんが使ってます。

そんなタイトルの下に現れた写真には、白いハンカチを彩る繊細な刺繍が映っていた。

「なんて返信する？」

「そうですねえ……」

もうためらうことはしない。

言葉を探すことに時間はかかるだろうが、九条はいつものように家族の存在感に背を向けることなく、即座に返信ボタンを押すと、朝輝と一緒になって一言ずつ、返事の言葉を紡いでいったのだった。

あとがき

はじめまして、こんにちは、みとう鈴梨です。このたびは『ショコラは夜に甘くとける』をお手にとっていただきありがとうございました。

ここでご挨拶をさせていただくのは二度目となりますが、緊張よりも先に、今回は色んな方に多大なご迷惑をおかけしたので、その記憶がメリーゴーランドのように脳内を駆け巡り、ついつい春のうららかな日差しの中に現実逃避したくなります。

今回の主人公の一人、九条はとても動かしにくいキャラクターでした。何度も相談したり掘り下げたりして、よし、これでうまく動いてくれるに違いない！　と思ってもなお動いてくれない。きっと、指名もしてない、ボトルも入れてないような私を相手にする気がないんでしょうね、つれない男です。

もう一人の主人公である朝輝は朝輝で、彼のシーンは書いているうちにチョコレートを食べたい欲求に襲われ大変困りました。

美味しいですよね、チョコレート。

個人的にチョコレートに酒をあわせるならブランデーかウィスキー派なのですが、シャンパンにもよくあうそうです。

お酒もチョコレートもどちらも好き。ということでカフェロワイヤルのチョコレートリキュールバージョンも是非試してみたかったのですが……甘いお酒は基本飲まないため、開封したまま置きっぱなしで幾星霜、という我が家のチョコレートリキュールは火がつきませんでした。

オレンジ・キュラソーと一緒に砂糖に染みこませ、濃いブラックコーヒーに投入すると美味しかったので、またいろんなお酒と組み合わせてみたいと思います。

本作にイラストをつけてくださった緒田涼歌先生、お忙しい中ご迷惑をおかけして申し訳ありませんでした。そして、あんな性格にするのがもったいなくなるほど格好いい朝輝と、妖艶で綺麗な九条をありがとうございます！

そして担当さま、いつもご指導ありがとうございます。巨大迷宮建設してしまって大変失礼いたしました。いただいたアドバイスのおかげで二人にいい恋愛をさせてやれました。

最後に、このお話を読んでくださった方への感謝とともに、またお会いできることを祈っております。

二〇一三年五月　ホストクラブ遊びに味をしめる沢内。

みとう　鈴梨

✦初出　ショコラは夜に甘くとける……………書き下ろし

みとう鈴梨先生、緒田涼歌先生へのお便り、本作品に関するご意見、ご感想などは
〒151-0051 東京都渋谷区千駄ヶ谷 4-9-7
幻冬舎コミックス　ルチル文庫「ショコラは夜に甘くとける」係まで。

幻冬舎ルチル文庫
ショコラは夜に甘くとける

2013年5月20日　　第1刷発行

✦著者	みとう鈴梨　みとう れいり
✦発行人	伊藤嘉彦
✦発行元	株式会社 幻冬舎コミックス 〒151-0051 東京都渋谷区千駄ヶ谷 4-9-7 電話 03(5411)6431[編集]
✦発売元	株式会社 幻冬舎 〒151-0051 東京都渋谷区千駄ヶ谷 4-9-7 電話 03(5411)6222[営業] 振替 00120-8-767643
✦印刷・製本所	中央精版印刷株式会社

✦検印廃止

ISBN978-4-344-82848-3　C0193　Printed in Japan